AVERTISSEMENT

Conformément à la loi sur la protection des mineurs, ce livre est interdit aux moins de 18 ans. Tous les personnages représentés dans les scènes d'ordre sexuel dans ce livre sont âgés de plus de 18 ans. Aucun mineur n'a été utilisé comme modèle pour la création des personnages représentés. Portez des préservatifs en toutes circonstances !

SETONA MIZUSHIRO
ソジョウノコイハニドハネル
LE JEU DU CHAT ET DE LA SOURIS
2
ASUKA
RÉSERVÉ AUX ADULTES

ソジョウノコイハニドハネル

LE JEU DU CHAT ET DE LA SOURIS 2

SOMMAIRE

ISBN : 978-2-84965-688-4

MELANCHOLIC BUTTERFLY
DITES... VOUS NE TROUVEZ PAS QUE...
NOTRE NOUVEAU RESPONSABLE A L'AIR GENTIL ? JE LE TROUVE VRAIMENT PAS MAL. ♥
M. OTOMO ?
HUM, C'EST VRAI QUE ÇA A L'AIR D'ÊTRE QUELQU'UN DE BIEN...
QUOIQU'UN PEU EFFACÉ.
VOUS SAVEZ QU'IL EST DIVORCÉ ?
HEIN ?
ALORS... ÇA VEUT DIRE QU'IL EST LIBRE ?!
AH, TAMAKI EST INTÉRESSÉE !
MAIS NON...
MAIS IL A UNE COPINE, C'EST OBLIGÉ.
ÇA SE VOIT.
IL PORTE LE GENRE DE CRAVATE QU'UNE FEMME CHOISIRAIT...
ET IL A L'ASSURANCE D'UN MEC QUI SE SAIT AIMÉ.

MELANCHOLIC BUTTERFLY

"ÉCOUTE-MOI BIEN, KYOÏCHI."
"NE DIS JAMAIS NON À CE QU'UNE FEMME TE DEMANDE."
"MÊME SI ÇA TE PARAÎT INJUSTIFIÉ, NE LA CONTREDIS SURTOUT PAS, RESTE SOURIANT ET SERVIABLE EN TOUTE CIRCONSTANCE."
"COMME ÇA, TU POURRAS VIVRE EN PAIX..."

C'EST UN SOUVENIR D'ENFANCE.
APRÈS UNE DISPUTE, MA MÈRE ET MA SŒUR ONT TOTALEMENT IGNORÉ MON PÈRE PENDANT TROIS JOURS.
JE NE L'AI JAMAIS VU AUSSI DÉPRIMÉ ET TRISTE.
C'EST BON ?
OUI.
TU PEUX TOUT FINIR.
MAIS C'EST TON DÎNER, PAPA.
PAPA N'A PLUS FAIM. J'AI PRIS UN GYUDON À EMPORTER.
...
ALLEZ, MANGE.
OK ...
PAUVRE PAPA.
IL AURAIT DÛ ÉPOUSER QUELQU'UN QUI L'AIME UN PEU PLUS...
BON, ÉCOUTE, TU SAIS QUE PAPA...
QUAND IL ÉTAIT JEUNE...
CE SOUVENIR EST RESTÉ GRAVÉ DANS MON CŒUR.
J'ÉCOUTERAI SAGEMENT CE QUE LES FEMMES ME DIRONT ET JE SERAI GENTIL AVEC ELLES.
ET QUAND QUELQU'UN M'AIMERA, JE CHOISIRAI CETTE PERSONNE.
GRÂCE À CELA, J'AI EU DES RELATIONS PLUTÔT HEUREUSES AVEC LES FILLES.
JE ME SUIS MARIÉ À 25 ANS... ET ENSUITE...

...
COMMENT EN SUIS-JE ARRIVÉ LÀ ...
TU DISAIS ?
POUR FÊTER TA PROMOTION, ON S'EST PRIS UNE CUITE ET PUIS TU M'AS LAISSÉ FAIRE CE QUE JE VOULAIS DE TOI.
NE ME DIS PAS QUE TU AS OUBLIÉ.
TU POUSSAIS DE MIGNONS PETITS GÉMISSEMENTS.
JE NE PARLAIS PAS DE ÇA, JE SONGEAIS À LA VIE QUE JE MÈNE.
JE N'AI PLUS DE VOIX...
LE VIE D'UN HOMME SÉDUIT ET JETÉ PAR DE NOMBREUSES FEMMES, QUI A LONGTEMPS ERRÉ AVANT DE FINALEMENT SE FAIRE SODOMISER PAR UN GAY SQUATTEUR ET POT-DE-COLLE ?
ÉVITE LES RAC-COURCIS FACILES !!
AAH, TU ES VRAIMENT À PLAINDRE.
POUR PLUS DE PRÉCISIONS, LISEZ "LE JEU DU CHAT ET DE LA SOURIS"

J'AI CONNU IMAGASE À LA FAC. MAINTENANT, IL TRAVAILLE POUR UNE AGENCE DE RENSEIGNE-MENTS.
AUTREFOIS, JE LE CONSIDÉRAIS JUSTE COMME UN BEAU GOSSE, MAIS DEPUIS J'AI DÉCOUVERT QU'IL ÉTAIT GAY ET FOU D'AMOUR POUR MOI.
IL SQUATTE CHEZ MOI DEPUIS MON DIVORCE...
ET IL ME HARCÈLE AVEC DES MÉTHODES À LA LIMITE DE L'AC-CEPTABLE...
FRRR
FRRL
31 ANS, C'EST JEUNE POUR UN POSTE À RESPON-SABILITÉ. ♥
ÇA DOIT ÊTRE PARCE QUE JE T'EMBRASSE TOUS LES MATINS. ♥
JE TE PORTE CHAN-CE !
DE QUOI TU PARLES ?
AR-RÊTE ÇA.
L'ÉTUDE QUI DÉMONTRE QUE S'EMBRASSER AVANT DE PARTIR AU BOULOT RALLONGE TON ESPÉRANCE DE VIE ET BOOSTE TES COMPÉ-TENCES AU TRAVAIL...
C'EST POUR LES COUPLES MARIÉS, ÇA.
MAIS LE RÉSULTAT EST LÀ.
ALORS, AU FOND DE TOI, TU ME CONSIDÈRES COMME TON ÉPOUSE ?
TU POUSSES LE BOUCHON UN PEU LOIN, CES DERNIERS TEMPS !
BIP BIP BIP
LE BAIN EST PRÊT, CHÉRI. ♥
BIP BIP BIP
...
QUAND JE DISAIS VOULOIR VIVRE AVEC UNE PERSONNE QUI M'AIME...

J'ÉTAIS LOIN DE PENSER À UN HOMME.
ET CÔTÉ SEXE, C'ÉTAIT CARRÉMENT INCONCEVABLE !!
C'EST CE QUE JE CROYAIS, ET J'AI BIEN LUTTÉ...
MAIS J'AI FINI PAR CAPITULER, IL Y A DE CELA SIX MOIS...
AAH...
TU VIENS DE DIRE QUE LE BAIN ÉTAIT PRÊT...
JE SUIS VRAIMENT TROP FAIBLE...
JUSTE UNE FOIS ENCORE.
IL M'A DÉPUCELÉ MAIS MA VIE NE S'EN TROUVE PAS BOULEVERSÉE POUR AUTANT.
NON, PAS TELLE-MENT ...
IL Y A JUSTE QUELQUES CHANGEMENTS.
J'AI DE NOUVEAUX OBJETS CHEZ MOI ...
ET SURTOUT ...
LUBRIFIANT
POIRE

JUSQUE LÀ, JE CROYAIS PRENDRE SOIN DES FEMMES À QUI JE FAISAIS L'AMOUR...
MAIS JE RÉALISE MAINTENANT QUE JE N'AVAIS RIEN COMPRIS AU SEXE.
ET J'Y AI DÉCOUVERT DES SENSATIONS INSOUPÇONNÉES. C'EST ÇA, LE PLUS GRAND CHANGEMENT.
J'AI APPRIS CE QU'ÉTAIT LE "CÔTÉ FÉMININ". JAMAIS JE N'AURAIS PU RESSENTIR CELA AVANT.
VOIR S'INTENSIFIER L'EXCITATION DE SON PARTENAIRE...
ET MES SENS SE DÉLECTENT DU MOINDRE DÉTAIL.
NE PEUT CONDUIRE QU'À L'ORGASME.
OU SENTIR SON POIDS SUR MON CORPS...
SENTIR CE CORPS ÉTRANGER QUI ME PÉNÈTRE.
ME FAIRE SOUILLER AU PLUS PROFOND DE MON CORPS.
TOUT CELA DONNE NAISSANCE À UN PLAISIR SINGULIER, À LA LIMITE DU DÉSAGRÉABLE.
LA JOUISSANCE D'APPARTENIR TOUT ENTIER À L'AUTRE.

COMMENT AGIR POUR QUE SON PARTENAIRE SOIT HEUREUX, COMMENT LE TOUCHER POUR QU'IL SE SENTE AIMÉ.
DE NOUVELLES EXPÉRIENCES, DE NOUVELLES CONNAISSANCES SE GRAVENT SUR CHACUNE DE MES CELLULES.
JE SUIS SÛR QUE LES FEMMES PRENNENT PLUS DE PLAISIR EN FAISANT L'AMOUR.
TU VIENS DE ME FAIRE UN SUPER COMPLIMENT ?!
C'EST ÇA ? C'EST BIEN CE QUE TU VOULAIS DIRE ?!
NON, FAIS COMME SI TU N'AVAIS RIEN ENTENDU.
J'AI GAFFÉ.
...
TU CROIS ? ÇA DÉPEND DU PARTENAIRE, NON ?
EH, ATTENDS ...
JE NE PENSAIS PAS QUE TU T'Y HABITUERAIS AUSSI VITE.
T'ES BIEN LE ROI DU LAISSER-ALLER/ LAISSER-FAIRE.
DU COUP, J'AI PEUR QUE TU TE FASSES LEVER PAR UN AUTRE GAY.
COMMENT ?!
BEURK
EH BIEN, SENPAI ...
DEPUIS QUE TU COUCHES AVEC MOI, TU NE L'AS PLUS FAIT AVEC UNE FEMME.
C...
BOBOM

COMMENT TU SAIS ÇA ...
À TON AVIS ? JE T'AI À L'ŒIL.
MAIS S'IL FAUT EN PLUS QUE JE ME SOUCIE DES MECS AUTOUR DE TOI, MES NERFS NE TIENDRONT PAS.
JE TE PRÉVIENS, SENPAI ...
LES FEMMES, PASSE ENCORE, MAIS SI JAMAIS TU FAIS DES SALOPERIES AVEC UN AUTRE HOMME, JE ME BALANCE DANS LA BAIE DE TOKYO !! ET JE SUIS SÉRIEUX !!
TU MANGERAS DES SUSHIS AUX CIGALES DE MER NOURRIES PAR MON CADAVRE !!
OK, JE NE MANGERAI PLUS DE CIGALES DE MER... ALORS ARRÊTE DE T'ÉNERVER POUR DES TRUCS AUSSI IMPROBABLES.
SI JE NE LUI FAISAIS PAS CONFIANCE, JE N'AURAIS JAMAIS PU L'ACCEPTER.
T'ES PAS CRÉDIBLE DU TOUT !! ET T'ES DE PLUS EN PLUS BEAU !!
SSHH
JE N'AI PAS CHANGÉ. ET OBJECTIVEMENT, TU ES PLUS BEAU QUE MOI, NON ?
ET JE SAIS QU'IL PREND SOIN DE MOI.
TU VEUX PASSER LE RESTE DE TA VIE BÉATEMENT, AVEC UN MEC ?! C'EST ÇA QUE TU CHERCHES ?!
DANS LE CERVEAU DE KYOÏCHI
TE LAISSE PAS ALLER, CRÉTIN !
KYOÏCHI BLANC
CE QUI EST FAIT EST FAIT. FAUT EN PROFITER.
HA HAHAHAHAHA
KYOÏCHI NOIR
J'AI LA FLEMME DE RÉFLÉCHIR... J'Y PENSERAI QUAND J'AURAI DES SOUCIS.
MÛÛF
KYOÏCHI GRIS
LES JOURNÉES SE SUCCÈDENT TRANQUILLEMENT, SANS LE MOINDRE PROBLÈME ...
C'EST VRAI.
J'Y PENSERAI PLUS TARD.
ET PARFOIS, CELA ATTISE MES INQUIÉTUDES.
AU FAIT, SENPAI ...
TU SAIS QUEL JOUR ON SERA, SAMEDI PROCHAIN ?
HEIN ? AH !
SHH

LE JOUR OÙ MONSIEUR WATARU IMAGASÉ AURA 29 ANS.
TU VEUX QUE JE T'OFFRE QUELQUE CHOSE EN PARTICULIER ?
FLUSH
"NE JAMAIS OUBLIER LES ÉVÈNEMENTS IMPORTANTS." C'EST LA RÈGLE D'OR QUAND ON SORT AVEC UNE FEMME. POUR ÇA, JE SUIS INCOLLABLE.
MÊME SI CE N'EST PAS UNE FEMME.
POUR CES CHOSES-LÀ, IL NE SE DISTINGUE PAS TROP DES FILLES.
JE VEUX MANGER...
DU CANARD LAQUÉ.
C'EST MIGNON.
MÊME SI CE N'EST PAS UNE FILLE.
SON ANNI-VERSAIRE...
IL M'A FÊTÉ MA PROMOTION, ALORS JE VOUDRAIS LUI OFFRIR UN PEU PLUS QU'UN DÎNER...
QUE PUIS-JE FAIRE...

"DEPUIS QUE TU COUCHES AVEC MOI, TU NE L'AS PLUS FAIT AVEC UNE FEMME."
ÇA NE FAIT QUE SIX MOIS. C'EST JUSTE QUE JE N'AI RENCONTRÉ PERSONNE ...
ET PUIS, S'IL S'ÉTAIT PASSÉ QUELQUE CHOSE, IL SE SERAIT FÂCHÉ.
J'EN AI MA CLAQUE DES EMMERDES.
HONNÊTEMENT, JE NE SAIS TOUJOURS PAS OÙ J'EN SUIS.
CERTES, J'AI RÉUSSI À ACCEPTER IMAGASÉ.
MAIS J'AI L'IMPRESSION QU'IL NE S'AGIT QUE D'UNE EXPÉRIENCE EXTRAORDINAIRE ET TEMPORAIRE.
IMAGASÉ EST PARFOIS UN ALIEN POUR MOI.
SI TU PARLES À UN AUTRE MEC, JE DEVIENDRAI UNE CIGALE DE MER !!
QUAND JE VOIS UN CORPS DE FEMME, ÇA ME RASSURE ...
DE RESSENTIR ENCORE QUELQUE CHOSE.
REVIENDRAI-JE UN JOUR ICI ?
MAIS...

OUAH, C'ÉTAIT DU HARCÈLEMENT SEXUEL, ÇA !
AH !
EUH...
BOBOM
SPLASH
BODOM
OUAH !
KYAAH !
DÉSOLÉE, J'AURAIS DÛ DÉBARRASSER VOTRE VERRE.
NON, C'EST MOI QUI N'ÉTAIS PAS ATTENTIF.
PARDON, VOUS N'ÊTES PAS TREMPÉE ?
NON, ÇA VA.
J'ESSUIE ÇA TOUT DE SUITE.

ELLE A L'AIR INNOCENT D'UNE PETITE FILLE...
MAIS SON MOUCHOIR EST SEXY.
C'EST... ASSEZ INAT-TENDU.
HEIN ?
VOUS REGARDIEZ DANS MA DIRECTION.
ET EUH... VOUS AVIEZ BESOIN DE MOI ?
AH... EUH...
OH !
OUI ! C'EST ÇA.
MADEMOISELLE OKAMURA, VOUS VOUS Y CONNAISSEZ EN VIN ?
EUH... NON... POURQUOI ?
JE PENSAIS OFFRIR UNE BOUTEILLE POUR UN ANNIVERSAIRE. J'EN VOULAIS UNE DU MÊME MILLÉSIME QUE SON ANNÉE DE NAISSANCE.
MAIS JE N'Y CONNAIS STRICTEMENT RIEN.
AH.
DANS CE CAS... J'AI UN AMI QUI, LUI, S'Y CONNAÎT BIEN.
SI ÇA PEUT ATTENDRE UN OU DEUX JOURS, JE LUI DEMANDERAI DE ME FAIRE UNE LISTE.
IL ME FAUT L'ANNÉE...
BLANC OU ROUGE...
EUH
ET PUIS... VOTRE BUDGET.
AH... OUI.
CINQU...
50 000 À 60 000 YENS ENVIRON.

IL M'A OFFERT UN CADEAU POUR MA PROMOTION.
ET PUIS C'EST LUI QUI S'OCCUPE DE LA MAISON ...
VOUS ÊTES... VRAIMENT... TRÈS ATTENTIONNÉ AVEC VOTRE PETITE AMIE ...
HEIN ?
CE N'EST PAS VRAIMENT... MA PETITE AMIE...
PAS TOTALEMENT.
HEIN ? MAIS ...
TOUT LE MONDE EST PERSUADÉ QUE VOUS VIVEZ LE GRAND AMOUR AVEC QUELQU'UN.
C'EST QUOI, CES RUMEURS ?
JE N'AI PAS DE PETITE AMIE !
ÇA, C'EST SÛR.
AH ...
AH BON ...
"PAS DE COPINE" ...
À NOTER.

LE DIRECTEUR, M. YANAGIDA ?
QU'EST-CE QU'IL FAIT LÀ ?
IL PASSAIT PEUT-ÊTRE À L'ÉTAGE ...
QU'EST-CE QUE C'EST QUE ÇA ?
BEN ...
TU AS INSISTÉ POUR QU'ON LE FÊTE, NON ?
IL EST MINUIT PASSÉ.
BON ANNIVERSAIRE !

ET MON CANARD LAQUÉ ?!
J'AI RÉSERVÉ AVEC UN MENU COMPLET À BASE DE CANARD !
MAIS JE VOULAIS FAIRE UN PETIT PLUS... COMMENT DIRE...
UNE SURPRISE ?
FLUSH
M...
MERCI BIEN.
QU'EST-CE QUI TE PREND D'ÊTRE AUSSI GÉNÉREUX ?
JE CROIS QU'IL A DEVINÉ LE PRIX.
BON, TANT PIS, ÇA A L'AIR DE LUI FAIRE PLAISIR...
MERCI, Mlle OKAMURA.
ET ? C'EST TOUT ?
HEIN ?
HÉ-HÉ
J'AI MÊME PAS LE DROIT À UN PETIT BISOU ?
...
JE PLAISANTAIS.
MERCI BEAUCOUP, ÇA ME FAIT TRÈS PLAISIR.
MAIS JE NE L'OUVRIRAI PAS ! JE NE VEUX PAS LE GÂCHER.
HEIN ?
MAIS C'EST DU VIN, C'EST FAIT POUR ÊTRE BU.
MAIS...
SI JE LE BOIS, IL N'Y EN AURA PLUS...

DANS CE CAS, JE T'OFFRIRAI UNE AUTRE BOUTEILLE L'ANNÉE PROCHAINE.
ÇA TE VA COMME ÇA ?
FLUSH
AH, J'AI OUBLIÉ D'ACHETER DE QUOI GRIGNOTER.
IL RESTE DU JAMBON CRU ?
VLAF
ガサ
VLAF
ガサ
PETRVS
POMEROL
zz...

MÛÛF...
...
SENPAI ...
RÉ-VEILLE-TOI ...
JE ME SENS SEUL, LÀ.
...
M... MMH...
DIS, LE CANARD LAQUÉ, C'EST À QUELLE HEURE ?
MMH ...
LE SOIR ...
OUI, MAIS À QUELLE HEURE ?
FRR...
SMAC
PLAF
...
...
DRIIING

CLAC
OH... QU...
HEIN ?
HEIN ?
EUUH ...
JE SUIS BIEN CHEZ M. OTOMO ?

...
C'EST EXACT.
MAIS QUI ÊTES-VOUS ?
PLAF
OH... PARDON.
M. OTOMO EST MON SUPÉRIEUR.
JE M'APPELLE TAMAKI OKAMURA.
IL AVAIT OUBLIÉ CES DOCUMENTS AU BUREAU...
ALORS JE ME SUIS PERMIS DE LES LUI APPORTER.
IL DISAIT QU'IL VOULAIT BOUCLER LE DOSSIER CE WEEK-END.
MERCI POUR VOTRE AMABILITÉ.
IL DORT ENCORE, VOULEZ-VOUS QUE JE L'ÉJECTE DU LIT ?
OH, MAIS NON...
EN TOUT CAS, VOUS FAITES PREUVE D'UNE POLITESSE EXEMPLAIRE EN VOUS RENDANT AU DOMICILE DE VOTRE SUPÉRIEUR SANS PRÉVENIR.
AAH ! MAIS OUI...
VOUS ÊTES PEUT-ÊTRE SA PETITE COPINE ?

FLUSH
OH !! MAIS NON ! PAS DU TOUT !!
NE SOYEZ PAS GÊNÉE.
LUI ET MOI ON SE CONNAÎT DEPUIS LA FAC.
VOUS N'AVEZ PAS BESOIN DE ME LE CACHER.
IL A TOUJOURS EU DU SUCCÈS.
NON, VRAIMENT !!
AH ! ET PUIS ...
M. OTOMO A LUI-MÊME DIT QU'IL N'ÉTAIT AVEC PERSONNE !
ET ...
EUH ...
?

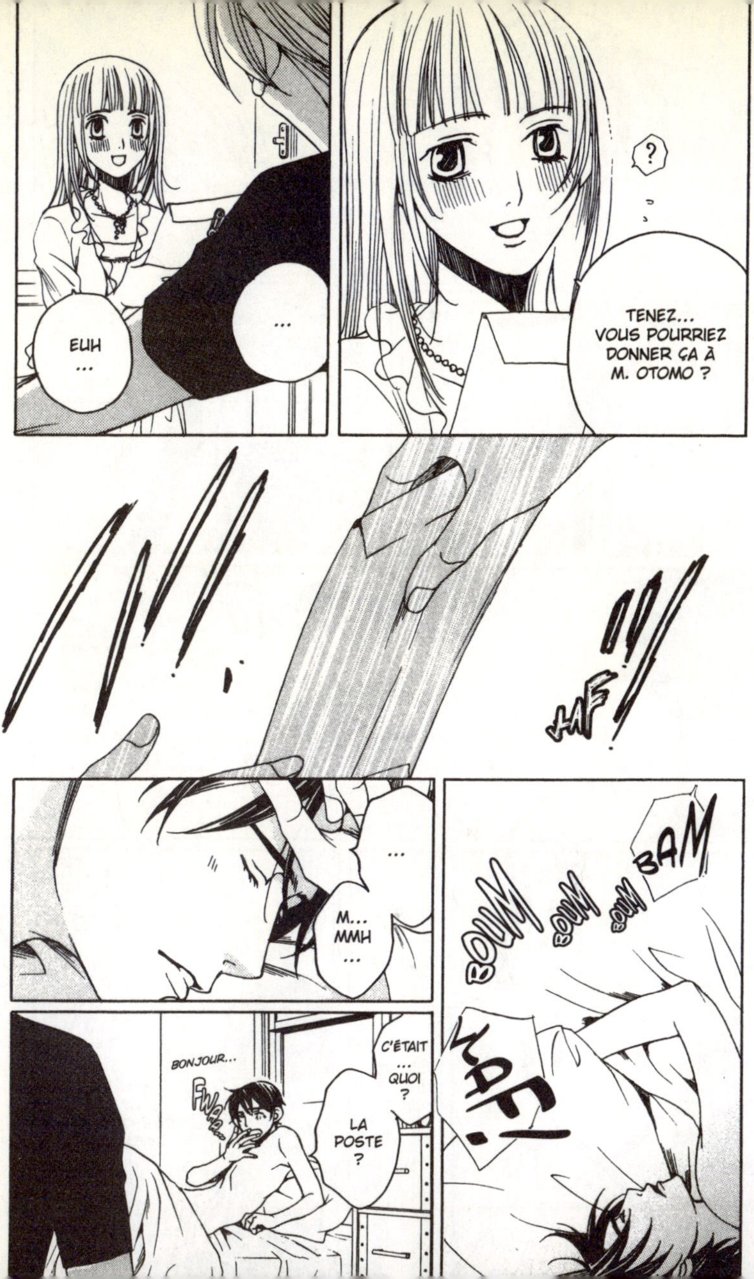
?
TENEZ... VOUS POURRIEZ DONNER ÇA À M. OTOMO ?
...
EUH ...
WAF
BAM
BOUM BOUM BOUM
WAF !
...
M... MMH ...
C'ÉTAIT ... QUOI ?
LA POSTE ?
BONJOUR...
FWAA...

TA-MAKI …
HUM …
"TA TAMAKI CHÉRIE" …
T'APPORTAIT DES DOCUMENTS QUE TU AVAIS OUBLIÉS AU BUREAU.
CLIGO
TAMAKI OKA-MURA ?!
C'EST PAS VRAI !!
HEIN… ET OÙ ELLE EST ?!
DÉJÀ REPARTIE.
HEIN, MAIS …
VLAF
EEH, OÙ EST MON SLIP ?
MON SLIP, MON SLIP !
DANS LA MACHINE À LAVER.
!!
BOUM
BAM
ARGH ! J'AI LES CHEVEUX EN BATAILLE…
AAH… NON…
BADABOUM
J'Y VAIS !!
BAM

ETRVS
POMEROL

MADE-MOISELLE OKAMURA !!
PSHH
VLAM
!
VROO...
DÉSOLÉ ...
JE ...

JE ME SUIS LAISSÉ EMPORTER PAR L'ÉMOTION ET MA RÉACTION ÉTAIT BIZARRE.
EN PLUS, J'AI ÉTÉ TRÈS IMPOLI À SON ÉGARD ...
COMMENT DOIS-JE FAIRE ...
ELLE VA PEUT-ÊTRE TROUVER ÇA LOUCHE ET DIRE À TOUT LE BUREAU QUE TU ES HOMO ...
CE N'EST PAS CE GENRE DE FILLE.
ET ELLE EST REPARTIE AVEC LE SOURIRE, NE T'EN FAIS PAS.
JE SAURAI LUI PARLER.
...
LÀ, JE ME SENS ENCORE PLUS NUL ...
QUOI EN-CORE ?
QU'EST-CE QUE TU VAS T'IMAGI-NER ?
C'EST JUSTE UNE COLLÈGUE ET RIEN DE PLUS.
MAIS... ELLE EST AMOUREUSE DE TOI.
TU T'EN ES RENDU COMPTE ET ÇA NE TE DÉPLAÎT PAS ...

TU AURAIS DÛ L'INVITER AUJOURD'HUI.
ELLE EST VENUE EXPRÈS POUR TE RENDRE VISITE …
IL NE FALLAIT PAS TE PRÉOCCUPER DE MOI.
JE NE SUIS …
NI TON PETIT AMI, NI RIEN DU TOUT.
…
ET ELLE REPRÉSENTE ENCORE MOINS POUR MOI …
MAIS …
JE BOUFFE AVEC TOI PARCE QUE ÇA ME FAIT PLAISIR …
ALORS ARRÊTE DE GEINDRE.

...
AH LÀ LÀ...
JE NE M'ÉNERVERAIS PAS COMME ÇA AVEC UNE FILLE...
DÉ-SOLÉ.
MON TON ÉTAIT UN PEU SEC ...
AH, AH BON ?
NON ...
LÀ, À L'INSTANT ...
JE T'AI TROUVÉ IRRÉSIS-TIBLE.
J'AIME.
...
SENPAI ...
POURQUOI TE MONTRES-TU AUSSI GENTIL AVEC MOI ?
EST-CE PAR AMOUR ?
OU BIEN ...
TU ES ACCRO À L'AMOUR INCONDITIONNEL QUE JE TE PORTE ...
TU JOUES À L'AMOUREUX POUR COMPENSER MES SENTIMENTS ?

IMAGASE ...
HONNÊTEMENT ...
C'EST UNE QUESTION ENCORE DIFFICILE POUR MOI.
MAIS... MÊME SI MON CHOIX SE PORTAIT SUR LA SECONDE RÉPONSE ...
J'ESSAIE SÉRIEUSEMENT DE FAIRE DE MON MIEUX.
MÊME SI JE N'ARRIVERAI JAMAIS À LA CHEVILLE D'UN VRAI GAY.

POUR PRENDRE UNE EX-PRESSION IMAGÉE ...
JE SUIS EN TRAIN D'EXPÉRI-MENTER SI UN KOALA PEUT VIVRE EN MANGEANT AUTRE CHOSE QUE DE L'EUCALYPTUS.
IL FAUDRA SÛREMENT BEAUCOUP DE TEMPS ...
ET IL EST MÊME POSSIBLE QU'IL FINISSE PAR EN MOURIR.
"ELLE EST AMOUREUSE DE TOI."

POURQUOI ...
AVEC NOTRE DIRECTEUR ...
SON FAMEUX "AMI" QUI S'Y CONNAÎT EN VINS DE LUXE ...
JE COMPRENDS MIEUX ...
AH ...

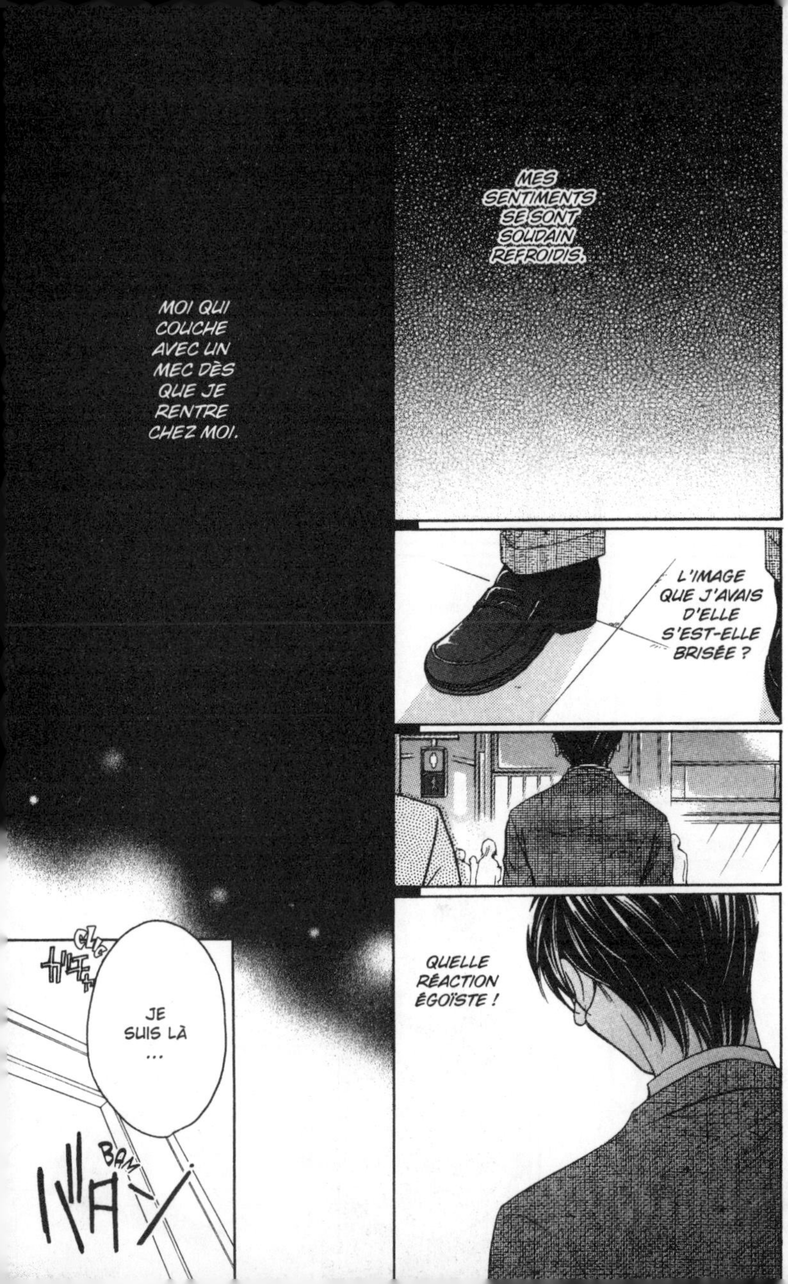
MES SENTIMENTS SE SONT SOUDAIN REFROIDIS.
MOI QUI COUCHE AVEC UN MEC DÈS QUE JE RENTRE CHEZ MOI.
L'IMAGE QUE J'AVAIS D'ELLE S'EST-ELLE BRISÉE ?
QUELLE RÉACTION ÉGOÏSTE !
CLIC
JE SUIS LÀ ...
BAM

CLIC
...
SALUT.
SENPAI ?
VLAF
QU'EST-CE QU'IL Y A ?
NE ME DIS PAS QUE TU TE LAVAIS POUR ÊTRE PRÊT QUAND JE RENTRERAIS ?
READY GO ?
...
TU AS EU DES SOUCIS ? UNE DISPUTE AVEC TAMAKI ?
AH OUI ?
ELLE A UNE LIAISON ...
AVEC LE DIRECTEUR DE MA BOÎTE.
JE T'AI DIT QU'IL N'Y AVAIT RIEN ENTRE NOUS ...
ET ELLE A UN MEC.
ELLE N'EST PAS CELLE QUE L'ON POURRAIT CROIRE.

AH BON… ÇA ME SURPREND UN PEU.
MAIS C'EST VRAI QU'ELLE EST DU GENRE À PLAIRE AUX VIEUX …
ET À RÊVER DES MECS PLUS ÂGÉS QU'ELLE.
…
ET ÇA T'A FLINGUÉ.
… NON.
ALORS, BOULEVERSÉ PAR CETTE RÉVÉLATION, TU M'ATTENDAIS.
PARCE QUE TU ÉTAIS SÛR QUE MOI, JE T'AIMAIS 365 JOURS PAR AN, 24 HEURES SUR 24 …
CRISH…
QUEL VEINARD TU ES.
J'AIMERAIS VRAIMENT ÊTRE À TA PLACE. JE N'AURAIS QU'À ME LAVER ET À M'ALLONGER POUR QUE TU ME PRENNES AVEC PASSION.
TAC

SI TU CHERCHES À TE FAIRE METTRE POUR OUBLIER LE STRESS, T'AS QU'À ALLER FAIRE LE TOUR DES BACKROOMS.

TAP
TAP
IMAGASÉ !!
DÉSOLÉ ...
OUBLIE ÇA.
PENDANT UN INSTANT... J'AI ÉTÉ SUBMERGÉ.
PARDON.
ÉVITE DE ME PRENDRE AU MOT ET D'ALLER DANS DES LIEUX LOUCHES.
...

TÔT OU TARD, TU APPARTIENDRAS DE NOUVEAU À UNE FEMME …
ET JE RESTERAI LE SEUL HOMME DE TA VIE.
C'EST BIEN LA SEULE CHOSE À LAQUELLE JE PEUX ME RACCROCHER.
TOI, NE TE SOUCIE DE RIEN …
ET NE PENSE QU'À TON BONHEUR AVEC UNE FEMME.
MÊME SANS RIEN EN RETOUR, JE TE SERAI DÉVOUÉ.
ET QUAND TU NE VOUDRAS PLUS DE MOI, JE M'ARRANGERAI POUR DISPARAÎTRE. JE NE TE GÊNERAI PAS.
NE T'EN FAIS PAS POUR TAMAKI, TU N'AS QU'À CONTINUER À ÊTRE GENTIL ET ELLE VIENDRA À TOI.
JE SUIS SÛR QU'ELLE TE PRÉFÉRERA À UNE HISTOIRE SANS LENDEMAIN.

JE TE DOIS VRAIMENT BEAUCOUP.
ALORS J'AIMERAIS TE RENDRE LA PAREILLE DANS LA MESURE DU POSSIBLE.
POUR QU'ON SOIT ÉGAUX EN ...
ÉGAUX ?
COMMENT VEUX-TU QU'UNE ARAIGNÉE ET L'INSECTE PRIS DANS SON FILET SOIENT ÉGAUX ?
JE SUIS UN PAPILLON DE NUIT QUI S'EST JETÉ DE LUI-MÊME DANS TES FILETS.
JE RÊVE DU JOUR OÙ TU ME CROQUERAS.
MAIS TOI, TU TE CONTENTES DE ME DONNER TON MIEL POUR ME GARDER EN VIE.
UN JOUR, UN JOLI PAPILLON SE POSERA SUR TON FILET ...
ET TU LE DÉGUSTERAS JUSTE SOUS MES YEUX.
ET QUAND J'AURAI ASSISTÉ À CE SPECTACLE
JE POURRAI ENFIN ME LIBÉRER.
À CE MOMENT-LÀ, JE SERAI DÉJÀ DANS UN SALE ÉTAT ...
MAIS PEU IMPORTE.
AU CONTRAIRE ...
SI C'EST VRAIMENT LA RAISON DE TA GENTILLESSE, JE SUIS D'ORES ET DÉJÀ CONDAMNÉ !

COMME JE SUIS RIDICULEMENT STUPIDE...
PLUS TU TE MONTRES GENTIL, PLUS JE T'AIME !!
À CAUSE DE TOI... MON AMOUR EST À UN NIVEAU INCOMPARABLE PAR RAPPORT AU TEMPS OÙ, ÉTUDIANT, JE T'ADMIRAIS DE LOIN.
ET PLUS MON SENTIMENT GRANDIT, PLUS MON DÉSIR S'INTENSIFIE.
L'ÉTAU SE RESSERRE ET JE ME RETROUVE ÉTRANGLÉ.
TU N'AS EU AUCUN MAL À T'Y HABITUER...
MAIS MOI, À CHAQUE FOIS QUE JE TE FRÔLE, MON CŒUR EST ÉCRASÉ PAR L'ÉMOTION.
J'AI L'IMPRESSION DE VIOLER ET DE SOUILLER UN CORPS QUE JE N'AURAIS JAMAIS DÛ TOUCHER...
EN CE MOMENT MÊME...
JE NE SAIS PAS COMMENT FRANCHIR LA DISTANCE QUI NOUS SÉPARE.

ET DIRE QUE CETTE RELATION ...
S'ARRÊTERA DÈS QUE JE RENONCERAI À DIRE "JE TE VEUX" !

QUAND JE PARLAIS D'ÉGALITÉ...
JE VOULAIS DIRE UN SENTIMENT D'ÉGALE INTENSITÉ.
IMAGASE...
VIENS.
PAPA...
COMME TU ME L'AS DIT, J'AI TOUJOURS ESSAYÉ D'ÊTRE GENTIL AVEC LES FILLES...
ET J'AI CHERCHÉ QUELQU'UN QUI M'AIMERAIT.

COMMENT EN SUIS-JE ARRIVÉ LÀ ?
PAPA...
AI-JE ÉTÉ PRIS DANS LES FILETS D'UNE ARAIGNÉE AU FOND D'UNE SOMBRE FORÊT ?
EST-CE UNE ERREUR, UN DÉTOUR TEMPORAIRE ?

CETTE UNION TÉNÉBREUSE ET FRISSONNANTE…
VA-T-ELLE UN JOUR ÊTRE ENSEVELIE DANS UN AMAS DE SOUVENIRS, DEVENIR UNE DES NOMBREUSES LIAISONS FUTILES QUE J'AURAI TRAVERSÉES ?
CRR
BADAM
AH !
HM !
CLAC
CRR
AH …
AH !
AAH !
CRR
CRASH
N'EST-CE PAS PLUTÔT IMAGASÉ QUI VOUDRAIT ÊTRE ATTACHÉ ET PRIS DANS MES BRAS ?

AAH...
OUH ...
...
N'AI-JE PAS MA PART DE RESPONSABILITÉ...
DANS CETTE RELATION ?

TU SAIS, SENPAI…
LE RESTO CHINOIS DE L'AUTRE JOUR ÉTAIT DÉLICIEUX.
OUI.
ÇA M'A FAIT PLAISIR D'Y RETOURNER.
LE BŒUF SAUTÉ ÉTAIT BON, HEIN ?
TRÈS BON.
LE RIZ SAUTÉ AU CRABE ET À LA LAITUE AUSSI.
OUI.
ET LE CANARD LAQUÉ, ÉVIDEMMENT !
OUI.
DEUX PERSONNES QUI PARTAGENT LES MÊMES GOÛTS EN MATIÈRE DE CUISINE…
ONT GÉNÉRALEMENT LA MÊME VISION DES CHOSES.
J'ACCEPTE TES DOUTES ET TES RÉTICENCES…
ET TU M'ACCEPTES AVEC LA PLUS GRANDE TOLÉRANCE.
NOS CORPS S'ADAPTENT PARFAITEMENT L'UN À L'AUTRE…
JE SUIS TENACE…
TU ES GENTIL.

NOUS ARRIVERONS À CONTINUER EN BONNE ENTENTE ...
AU MOINS POUR QUELQUE TEMPS ENCORE ...
ALLEZ ...
À CE SOIR.
SMAC

À CE SOIR.
CLAC
CLAC
CLAC
CLAC
BLAM
CLAC
CLAC

AH ...
MONSIEUR OTOMO. ♥
BONJOUR !

BONJOUR.
QU'EST-CE QUE T'AS, TAMAKI ?
OH ...
IL ÉTAIT CENT FOIS PLUS BEAU QUE D'HABITUDE.

TAP TAP
SI J'AVAIS ÉTÉ UNE FEMME, J'AURAIS PU DEVENIR UNE BANALE FEMME AU FOYER.
TAP TAP
TAP TAP
TAP TAP
LE CHAT NOIR BAILLE
PRÉPARER UN BON PETIT DÉJEUNER TOUS LES MATINS, SALUER LE DÉPART AU TRAVAIL AVEC UN BAISER.
BI-SOU BI-SOU !
EH, N'Y VA PAS SI PROFOND DÈS LE MATIN...
JE PASSERAIS LA MOITIÉ DE LA JOURNÉE À FAIRE LE MÉNAGE ET LA LESSIVE.
CONTRÔLE DES TIROIRS !
VLOF VLAF
CONTRÔLE DES POCHES !
VLOF VLAF
COMME SENPAI EST DU GENRE ATTENTIF, MES EFFORTS PORTERAIENT LEURS FRUITS.
OH, TU AS NETTOYÉ LE FRIGO ? MERCI !
QUELLE CRUCHE CETTE CHIKAKO DE QUITTER UN MEC AUSSI BIEN.
PFFF

POUR ÊTRE SINCÈRE, J'AIMERAIS QU'IL ME FASSE L'AMOUR TOUS LES JOURS, MAIS LE TRAVAIL LE FATIGUE, ÇA RISQUE PLUTÔT D'ÊTRE UNE FOIS PAR SEMAINE...
ET JE RÊVE DE LE HARCELER AVEC AMOUR TOUTES LES NUITS.
HEIN, SENPAI ME FERAIT L'AMOUR UNE FOIS PAR SEMAINE ?! MAIS C'EST TROP TOP !! AAH, C'EST DÉCIDÉ, JE DEVIENS UNE FEMME !!
OK POUR UNE FOIS PAR SEMAINE ! MAIS IL FAUDRA QU'IL ME BICHONNE AU MOINS TROIS HEURES !! ÇA, C'EST LA CONDITION SINE QUA NON !!
ON PRENDRAIT NOTRE BAIN TOUS LES JOURS ENSEMBLE !
TAP TAP TAP
TAP TAP
QUOI QU'IL AIT FAIT À L'EXTÉRIEUR, JE LE RINCERAI DE LA TÊTE AU PIED, MÈCHE PAR MÈCHE ...
AH ! MAIS SI JE PRENDS MON BAIN AVEC LUI, JE N'AURAI PLUS DE MOMENT POUR MATER SON PORTABLE ...
QUEL JOLI DOS...
JE SENS MES HORMONES QUI S'AFFOLENT...
AAH, JE L'AIME VRAIMENT À MORT !

NOTRE ENFANT, CE SERAIT BIEN QUE CE SOIT UNE FILLE, POUR ÉVITER QU'IL SOIT GAY.
JE NE VEUX PAS QU'ELLE HÉRITE DE MON DRÔLE DE REGARD, ALORS ELLE HÉRITERA DES TRAITS DE SENPAI.
NON, ATTENDS. UNE FILLE MIGNONNE COMME LUI, GENTILLE AVEC TOUT LE MONDE, AVIDE D'AMOUR ET ULTRA PASSIVE, ÇA RISQUE D'ÊTRE UNE SACRÉE [redacted]
NON, PAS MOYEN. PAPA TE L'INTERDIT. EUH NON, DANS NOTRE CAS, JE SUIS LA MAMAN...
MAIS UNE FILLE COMME MOI, CE SERAIT L'HORREUR !! COLLANTE, LIMITE VOYEUSE, QUI S'ACCROCHE À UNE RELATION AMOUREUSE SANS RETOUR... ELLE NE POURRA JAMAIS ÊTRE HEUREUSE !!
NOOON ! MA FILLE NE POURRA JAMAIS AVOIR UNE VIE RANGÉE !!
AAAA
AAH

OUH, J'AI LES TRAITS MARQUÉS.
PFIOU
BON, JE ME SUIS FORGÉ UN BON GROS FANTASME.
AAH, C'ÉTAIT BIEN MARRANT.
MA VUE A BAISSÉ CES DERNIERS TEMPS ...
JE T'AI PRIS DES YAOURTS À LA MYRTILLE.
C'EST L'ÂGE, NON ?
ÇA MARCHE VRAIMENT ? BON, J'ESSAIE ...
CLAC
OH.
TU AS NETTOYÉ LE FRIGO ? MERCI !
PLAF

TU AS TOUT CE QU'IL TE FAUT ?
OUI.
MÊME TON PORTABLE ?
OUI.
TU MANGES À LA MAISON CE SOIR ?
OUI.
TU M'AIMES ?
...

TSS!
...
RATÉ.
TU AURAIS PU CONTINUER SUR TA LANCÉE.
T'ES PAS DRÔLE COMME MEC.
LES CHAUSSURES ...
OUI ?
TU ME LES AS CIRÉES ?
ELLES BRILLENT.
MERCI.
À CE SOIR.

TLAC TLAC
NOTRE RELATION EST MAINTENANT CELLE D'UN VRAI COUPLE GAY…
JE DIRAIS MÊME QU'ON EST PLUS PROCHE D'UN COUPLE MARIÉ.
C'ÉTAIT INCONCEVABLE AU DÉBUT, MAIS VOILÀ OÙ J'EN SUIS…
TOUT CELA GRÂCE À MA FORMIDABLE CAPACITÉ D'ADAPTATION …
TLAC
HA–
TLAC
TLAC
HA–.
QUELLE EST LA CHOSE LA PLUS IMPORTANTE DANS LA VIE ?
J'IMAGINE QUE LA RÉPONSE VARIE EN FONCTION DE LA PERSONNE.
JE SUIS EN TRAIN DE RÉALISER QUE, POUR MA PART, CE QUI M'IMPORTE EST DE VIVRE AVEC LA CERTITUDE D'ÊTRE AIMÉ.

ALORS, PLUTÔT QUE D'ÊTRE OBNUBILÉ PAR LES HUMEURS D'UNE FEMME QUI PEUT ME QUITTER D'UN MOMENT À L'AUTRE…
JE T'AIME !
…
EX-FEMME, CHIKAKO
EN VIVANT AVEC QUELQU'UN QUI PASSE SA JOURNÉE À ME JURER SON AMOUR ET À S'OCCUPER DE MOI…
JE DEVRAIS ÊTRE BIEN PLUS SATISFAIT ET TRANQUILLE.
MÊME SI C'EST UNE RELATION AVEC UN AUTRE HOMME… EUH…
HUM …
"TU M'AIMES ?"
LA QUESTION RESTE TOUJOURS AUSSI DIFFICILE.
J'AI DE L'AFFECTION POUR LUI …
ET JE N'AI PAS ENVIE DE LE PERDRE. POURTANT …
CETTE SITUATION EST TELLEMENT PRATIQUE ET AGRÉABLE POUR MOI …
QUE JE N'ARRIVE PAS À SAVOIR S'IL S'AGIT VRAIMENT D'AMOUR.
VOULOIR GARDER AUPRÈS DE SOI UNE PERSONNE QUI NOUS APPORTE SATISFACTION, C'EST DE L'ÉGOÏSME PUR ET SIMPLE.

JE N'EN AI PAS LA MOINDRE IDÉE.
SURTOUT QUE… JE NE CONNAIS PAS L'INTENSITÉ AVEC LAQUELLE UN HOMOSEXUEL EST CAPABLE D'AIMER.
ET DIS-MOI …
TAMAKI OKAMURA QUI EST DANS TON ÉQUIPE …
QUE PENSES-TU D'ELLE ?
JE ME DEMANDAIS POURQUOI IL AVAIT SI SOUDAINEMENT DEMANDÉ À DÉJEUNER AVEC MOI …
IL VOULAIT AVOIR DES NOUVELLES DE SA MAÎTRESSE ? QUEL SALE PERVERS !!
LOVE LOVE
EUH… EH BIEN …
BON… JE VAIS DEVOIR DIRE DU BIEN D'ELLE…
ENFIN, ELLE N'A PAS DE DÉFAUT PARTICULIER NON PLUS.
C'EST UNE JEUNE FILLE SÉRIEUSE ET ATTENTIVE.
TOUJOURS SOURIANTE …
ELLE CONTRIBUE À UNE BONNE AMBIANCE DE TRAVAIL …

ELLE NOUS EST D'UN GRAND SECOURS.
JE SUIS SÛRE QU'UNE FILLE COMME ELLE DEVIENDRA UNE TRÈS BONNE ÉPOUSE.
AH OUI !
TOUT À FAIT ! C'EST TRÈS BIEN, ÇA !
ALORS T'ES CONTENT, VIEUX PERVERS ?!
POUR TOUT TE DIRE...
TAMAKI OKAMURA EST MA FILLE.
...
HEIN ?!
MAIS... VOUS N'AVEZ PAS LE MÊME NOM DE FAMILLE, MONSIEUR YANA-GIDA...
TU GARDES ÇA POUR TOI, HEIN ?

J'AI UNE SECONDE COMPAGNE ...
TAMAKI EST NÉE DE CETTE RELATION.
SA MÈRE LUI A DONNÉ UNE TRÈS BONNE ÉDUCATION.
ET ELLE A BIEN MEILLEUR FOND QUE LES FILS QUE J'AI EUS DE MON UNION OFFICIELLE.
AH ...
C'ÉTAIT DONC ÇA ...
JE TIENS À PRÉCISER QUE JE NE L'AI PAS PISTONNÉE POUR SON POSTE.
ELLE A PASSÉ L'ENTRETIEN SANS ME PRÉVENIR.
GAGA
ELLE M'A DIT : "JE VOULAIS TE FAIRE LA SURPRISE, PAPA"... N'EST-CE PAS ADORABLE ?
GAGA
OUI ...
VRAIMENT ADORABLE ...
LE DIRECTEUR... EST UN VRAI PAPA POULE ...
SI TU L'APPRÉCIES À CE POINT, CE N'EST MÊME PLUS LA PEINE QUE JE TE POSE LA QUESTION.
AH ?!
OTOMO ...
QUE DIRAIS-TU DE SORTIR AVEC TAMAKI ?

NON NON NON !! EUH... JE SUIS DIVORCÉ !! JE NE SUIS PAS LE GENRE D'HOMME QUI CONVIENDRAIT À VOTRE FILLE !!
SI C'EST FINI, AUCUN PROBLÈME. IL FAUT JUSTE ÉVITER DE SUIVRE MON EXEMPLE.
HA HA HA HA
TAMAKI M'A MIS AU COU-RANT.
TU N'AS PERSONNE EN CE MOMENT, SI ?
AH... EUH... PAS VRAIMENT ...
JE N'AI PAS DE PETITE AMIE !
SUPER !
CES DERNIERS TEMPS, ELLE N'ARRÊTE PAS DE ME PARLER DE TOI.
ELLE A L'AIR BIEN ACCROCHÉE.
EN TANT QUE PÈRE, JE VOUDRAIS L'ENCOURA-GER DANS CE CHOIX.
J'AI VU QUE TU AVAIS DE L'AVENIR DÈS TES DÉBUTS DANS LA SOCIÉTÉ, ALORS JE N'AI RIEN À DIRE !
EUH... M. LE DIREC-TEUR...
NON, NE ME DIS RIEN, OTOMO.
DONNE TA RÉPONSE À MA FILLE DIRECTEMENT, VEUX-TU ?

PARDON, MONSIEUR !!
PAPA EST ALLÉ VOUS RACONTER N'IMPORTE QUOI…
JE SUIS VRAIMENT DÉSOLÉE, OUBLIEZ TOUT ÇA, S'IL VOUS PLAÎT !!
JE VIENS DE RECEVOIR UN MAIL DE SA PART …
ÇA M'A COUPÉ LE SOUFFLE.
PAPA A PARLÉ DE TOI À OTOMO.
JE LUI EN DIRAI DEUX MOTS !!
NE VOUS TOURMENTEZ SURTOUT PAS !!
OH, TAMAKI …
TU AS RÉUSSI À LE DIRE ? TU N'AVAIS PAS BESOIN DE MOI FINALEMENT.
NON NON ! JE N'AI RIEN DIT DU TOUT !! IL Y A URGENCE, LÀ…
QUOI ?

"JE VOUDRAIS BIEN ALLER PRENDRE UN VERRE AVEC M. OTOMO..." ♥
DISAIT TAMAKI. ♥
KYAAAH ! KYAAAH !!
JE VOUS DÉTESTE TOUS !
...
BON, IL NE SERAIT PAS DE BON TON DE REFUSER ...
ET PUIS ON N'EST PAS EN TÊTE-À-TÊTE, UN PETIT RESTO, ÇA NE PEUT PAS FAIRE DE MAL.
IL FAUT QUE J'APPELLE IMAGASÉ POUR LE PRÉVENIR QUE JE DÎNE DEHORS.
VRR
APPEL IMAGASÉ
ET... ARGH, IMAGASÉ ?!
IL EST DEVIN OU QUOI ?!
SENPAI ? JE NE SUIS PAS LOIN DE TON BOULOT.
ÇA TE DIRAIT QU'ON MANGE ENSEMBLE ?
AH... PARDON, JE VAIS PRENDRE UN VERRE AVEC DES COLLÈGUES.
J'ALLAIS JUSTEMENT T'APPELER !

AH BON ...
MAIS UN MEC POUR DEUX FILLES, C'EST DÉSÉQUILIBRÉ.
LAISSE-MOI ME JOINDRE À VOUS. ♥
BOBOM
HEIN ?
IMAGA-SÉ !!
"PAS LOIN", MAIS T'ES JUSTE À CÔTÉ !!
OH ...
HEIN ? C'EST QUI, C'EST QUI ?
IL EST TROP BEAU !! PRÉSEN-TEZ-LE MOI !!

OOH !
ALORS VOUS TRAVAILLEZ DANS UNE AGENCE DE RENSEIGNEMENTS, MONSIEUR IMAGASÉ ?
C'EST ÇA.
AGENCE DE DÉTECTIVES II
BUREAU DE TOKYO
WATARU IMAGASÉ
SI VOUS ÊTES VICTIMES DE HARCÈLEMENT OU DE TROMPERIE ...
N'HÉSITEZ PAS À FAIRE APPEL À MOI. ♥
ARGH
PARDON POUR L'ACCUEIL DE LA DERNIÈRE FOIS.
HEIN ?
JE VENAIS DE ME LEVER ET J'ÉTAIS DE MAUVAIS POIL...
ARGH ARGH
NE VOUS EN FAITES PAS POUR ÇA !
C'EST PLUTÔT À MOI DE M'EXCUSER POUR MON INCORRECTION.
FWAAA...
GRR GRR GRR
VOUS AVEZ QUELQU'UN, MONSIEUR IMAGASÉ ?
JE SUIS SÛRE QUE OUI.
J'AIMERAIS BIEN SAVOIR AVEC QUEL GENRE DE PERSONNE VOUS SORTEZ !!
JE NE SUIS AVEC PERSONNE.

BOBOM
IL Y A JUSTE QUELQU'UN DONT JE SUIS FOU ET QUE JE HARCÈLE.
MOI, JE N'ARRÊTE PAS DE LUI DIRE QUE JE L'AIME ET LUI ME SNOBE …
WOW, C'EST GENRE UNE DOMINATRICE ?!
HEIN?
EH ! SI ELLE VOUS LAISSE FAIRE, C'EST JUSTE DE LA FRIME. ELLE DOIT ÊTRE FOLLE DE VOUS EN RÉALITÉ.
TU CROIS ?
MAIS OUI !
PERSONNE NE RÉSISTERAIT AUX AVANCES D'UN MEC COMME VOUS !!
HA HA HA HA HA
BRR BRR
BRR
BRR BRR
TOUT VA BIEN ?
ELLE N'OSE JUSTE PAS L'AVOUER, MAIS ELLE NE PEUT PLUS SE PASSER DE TOI !!
C'EST SÛR !!
HUM... PEUT-ÊTRE BIEN.
IL FAUT DIRE QUE J'AI BIEN EXPLORÉ LE TERRAIN.
MA TECHNIQUE EST UTILE.
AAH, JE COMMENCE À AVOIR ENVIE DE SON CORPS...
C'EST CHAUD !
VOUS VOYEZ QUE VOUS ÊTES SUPER AMOUREUX !
CLAC
CLAC
CLAC
MAIS JE SUIS UN PEU SURPRISE.
JE VOUS CROYAIS PLUS DÉTACHÉ …
DU GENRE À JETER SANS REMORD LES FILLES TROP COLLANTES.

OUI, JE SUIS PLUTÔT COMME ÇA À LA BASE.
JE PRÉFÈRE GARDER UNE CERTAINE DISTANCE ET JE ME LASSE FACILEMENT... MAIS TU VOIS OÙ J'EN SUIS ?
JE RÉALISE QU'AIMER PROFONDÉMENT QUELQU'UN ÉQUIVAUT À FAIRE UNE EXCEPTION À TOUS LES NIVEAUX POUR CETTE PERSONNE.
ET LÀ, JE SUIS COLLÉ À ELLE TOUTE LA JOURNÉE COMME UNE MOULE À SON ROCHER.
JE SUIS TROP LOURD.
TROP CHIANT.
JE VAIS ME FAIRE DÉTESTER...
AAAH...
VOUS ÊTES TROP MIGNON, M. IMAGASÉ !
ELLE NE PEUT PAS VOUS DÉTESTER.
LOURD ? CHIANT ?!
JE NE L'AI JAMAIS PENSÉ...
CETTE PERSONNE VEUT SE FAIRE BIEN VOIR ET ELLE EST GENTILLE AVEC TOUT LE MONDE...
COMME JE ME LAISSE FACILEMENT EMPORTER...
JE ME SENS PLUS TRANQUILLE S'IL EST SOLIDEMENT ANCRÉ.
ET DU COUP, JE ME METS À RÊVER QU'ELLE ME FASSE SOUFFRIR.
J'AIMERAIS QU'ELLE SE MONTRE ÉGOÏSTE ET ILLOGIQUE, QU'ELLE ME DONNE DES ORDRES, QU'ELLE SE METTE EN COLÈRE CONTRE MOI...
QU'ELLE ME DOMINE TOUT ENTIER.
JE VOUDRAIS QU'ELLE FASSE DE MOI CE QU'ELLE VEUT, QUITTE À ME DÉTRUIRE.
AH AH AH AH AH
MAIS VOUS ÊTES SUPER MASO !!
TROP MARRANT, M. IMAGASÉ !!
EUH, C'ÉTAIT SÉRIEUX, LÀ ?
ÇA RISQUE D'ÉVEILLER DES PENCHANTS SADIQUES EN MOI...
T'Y VAS UN PEU FORT, NON ?
BRR
NON, CALME-TOI.
C'EST PEUT-ÊTRE JUSTE UNE BLAGUE.
JE TROUVE ÇA FANTASTIQUE.
VOUS DEVEZ SÛREMENT VIVRE...
VOTRE PREMIER VRAI AMOUR. ♥

EXACTEMENT.
JE ME SUIS JETÉ À CORPS PERDU DANS LE PREMIER ET DERNIER VÉRITABLE AMOUR DE MA VIE.
FWAAAH
C'EST BEAU.
GRR GRR GRR
JE SUIS DE TOUT CŒUR AVEC VOUS. ♥
MERCI DE VOTRE SOUTIEN. ♥
IL NOURRIT UNE RIVALITÉ À SENS UNIQUE POUR TAMAKI QUI N'A ABSOLUMENT RIEN REMARQUÉ.
IMAGASÉ EST VRAIMENT ADORABLE.
...
MMH...
HUM ?
AH.
JE COMMANDE QUELQUE CHOSE ?
AH... EUH, OUI.
LA MÊME CHOSE, S'IL VOUS PLAÎT ...
EXCUSEZ-MOI.
OUI ?
LE MÊME VERRE QUE CELUI-CI ...

ÊTRE UNE FILLE ILLÉGITIME…
J'IMAGINAIS QUE CETTE SITUATION LA CONDUIRAIT À FAIRE PREUVE D'UN MANQUE DE SINCÉRITÉ.
MAIS CE N'EST PAS SON CAS. ELLE EST PURE, FRANCHE ET ENJOUÉE.
COMME LE DISAIT LE DIRECTEUR, SA MÈRE DOIT Y ÊTRE POUR BEAUCOUP…
MAIS IL A DÛ, LUI AUSSI, ASSUMER DIGNEMENT SA RESPONSABILITÉ DE PÈRE.
SA LIAISON N'EST PAS COMPARABLE À CELLES QUE J'AI CONNUES DANS MA GRANDE PASSIVITÉ…
MOI PAR CONTRE, JE N'OUBLIE PAS DE ME PROTÉGER…
MÉCHANT PAPA !!
PARDON !
POF POF
GRR GRR
TAMAKI QUI GRONDE M. YANAGIDA…
C'EST TROP MIGNON.
TU M'ÉCOUTES SENPAI ?
HEIN ? OH, DÉSOLÉ… QUOI ?
…
JE DISAIS…
QU'À PARTIR DE DEMAIN, JE SERAI EN DÉPLACEMENT PENDANT 4 OU 5 JOURS…
AH BON…
BON VOYAGE, JE T'AP…
ALORS…
SI TU VEUX PROFITER DE TA LIBERTÉ, CE SERA LE BON MOMENT !
TU DOIS AVOIR ENVIE D'ASSOUVIR TES PENCHANTS NATURELS ET TE FAIRE UNE FILLE.
…

FRANCHEMENT, POURQUOI TU VAS DIRE DES CHOSES PAREILLES …
AAH...
TU ES DANS LES NUAGES.
JE DEVINE SANS MAL À QUI TU PENSES.
AH …
MAIS… TU SAIS, JE NE L'AI APPRIS QU'AUJOURD'HUI…
EN FAIT, TAMAKI ÉTAIT LA FI…
JE M'EN FICHE ! NE ME PARLE PAS D'ELLE !!
CLAC
JE NE VEUX PAS ENTENDRE ÇA !!
IMAGASÉ… DÉSOLÉ, MAIS …
TOUT À L'HEURE NON PLUS, TROP OCCUPÉ À LA REGARDER, TU NE M'ÉCOUTAIS PAS.
ENFIN, PEU IMPORTE …
J'AI JOUÉ AU TROUBLE-FÊTE EN CONNAISSANCE DE CAUSE …
VOUSH

TU TE TROMPES ...
JE T'ÉCOUTAIS ...
...
OUH ...
HMM !
...
SUJET SUIVANT.
D'APRÈS LES SONDAGES, LE GOUVERNEMENT ACTUEL ...
RÉCOLTERAIT PLUS D'AVIS NÉGATIFS QUE POSITIFS, ET CE POUR LA PREMIÈRE FOIS DEPUIS SON RENOUVELLEMENT.
CES RÉSULTATS, RELAYÉS PAR LES PLUS GRANDS JOURNAUX.
SLUP
AH ...
...
HM !
SLUP
AAH ...

CLUP
VLITCH
...
IMAGASÉ ?
C'EST COMME D'HABITUDE, SENPAI.
JE M'OCCUPE DE TOUT.
ALORS NE PENSE À RIEN ET LAISSE-TOI FAIRE ...
IMAGASÉ ...
ATT...
JE T'AIME, SENPAI.
JE T'EN PRIE ...
LAISSE-MOI TE RECEVOIR EN MOI, JUSTE UNE FOIS.
SI ÇA TE DÉGOÛTE, FERME LES YEUX ...
ET IMAGINE QUE C'EST ELLE.
CLUP ...
AH...
IMAGASÉ...
AH !
CRUSH

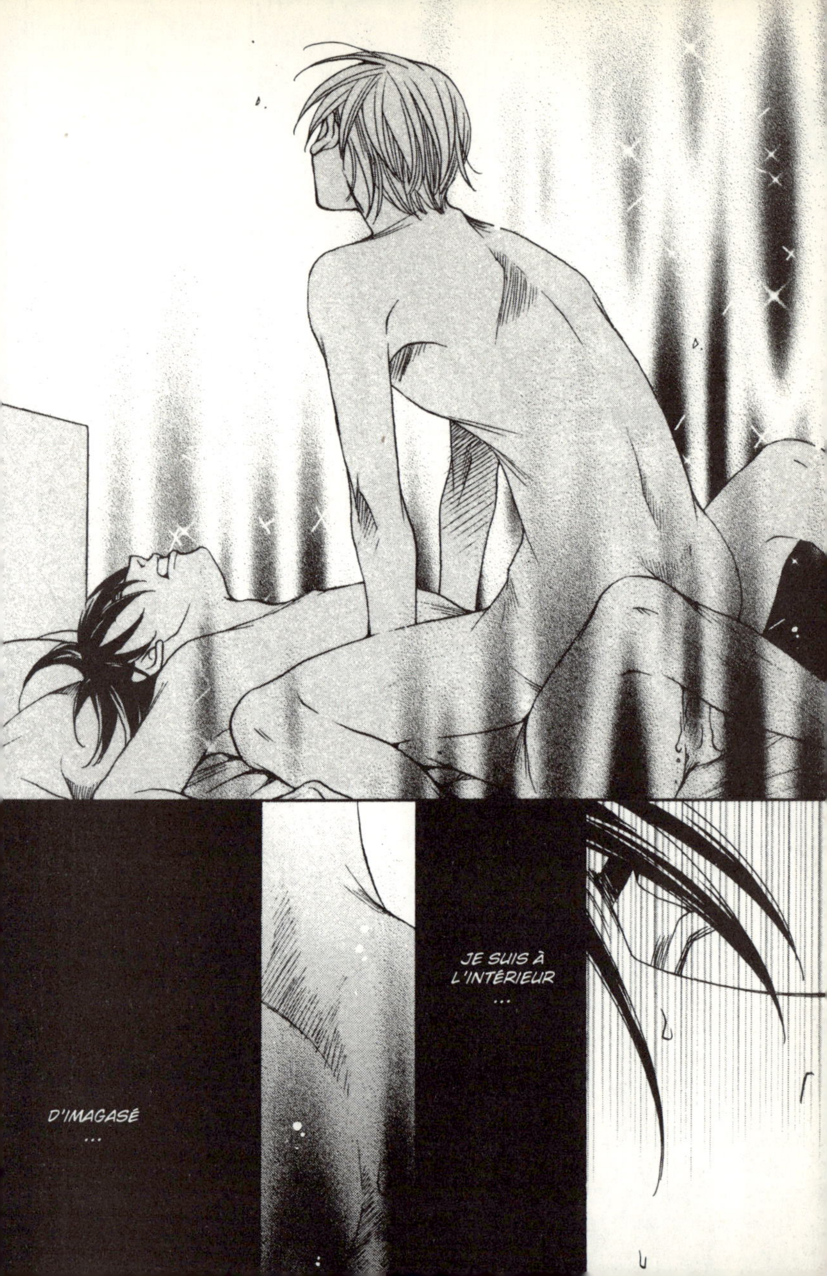
JE SUIS À L'INTÉRIEUR ...
D'IMAGASÉ ...

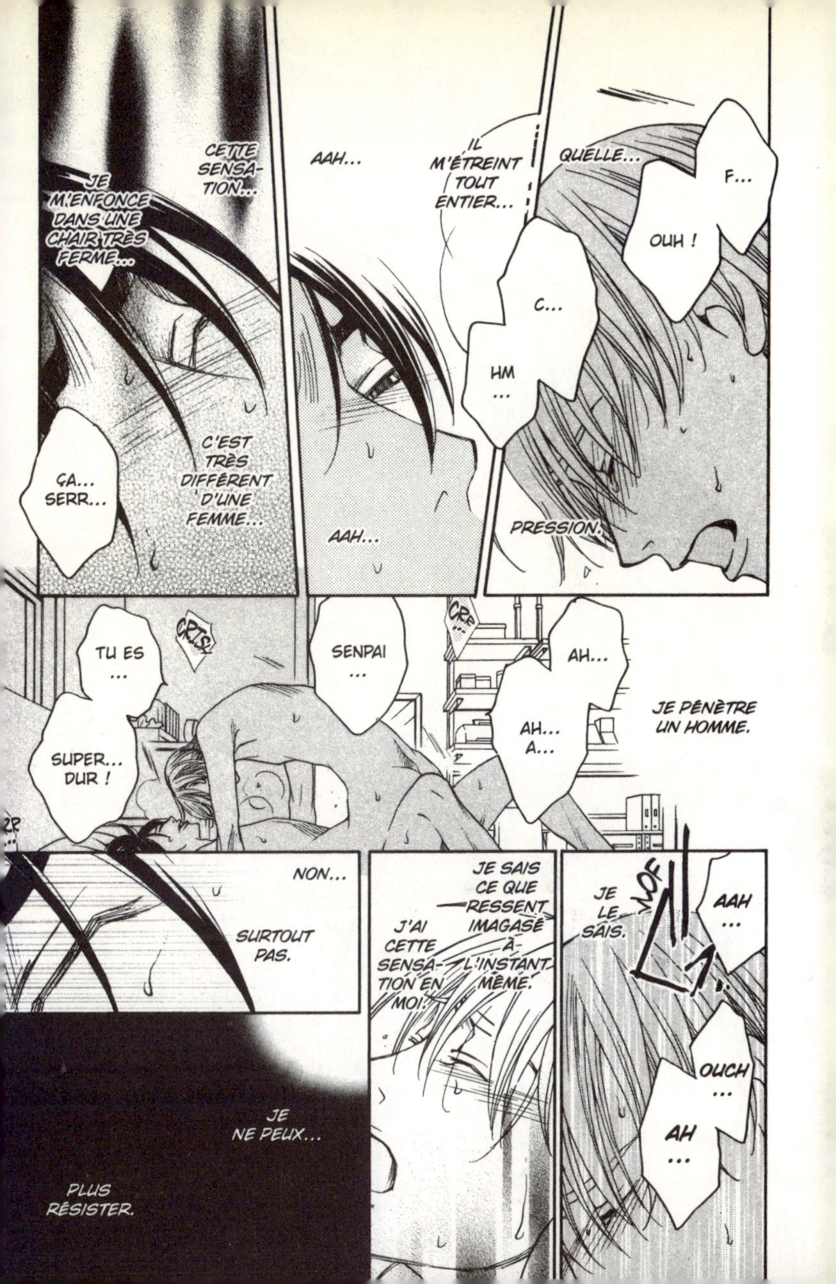
QUELLE...
F...
OUH !
C...
HM ...
PRESSION.
IL M'ÉTREINT TOUT ENTIER...
AAH...
AAH...
CETTE SENSATION...
JE M'ENFONCE DANS UNE CHAIR TRÈS FERME...
C'EST TRÈS DIFFÉRENT D'UNE FEMME...
ÇA... SERR...
JE PÉNÈTRE UN HOMME.
AH...
AH... A...
SENPAI ...
CRISH
TU ES ...
SUPER... DUR !
AAH ...
JE LE SAIS.
OUCH ...
AH ...
JE SAIS CE QUE RESSENT IMAGASÉ À L'INSTANT MÊME.
J'AI CETTE SENSATION EN MOI.
NON...
SURTOUT PAS.
JE NE PEUX...
PLUS RÉSISTER.

AH...
AAH...
ZAM
AH !
ZWIP
AH
!
ZWIP
II...
AH...
AAH...
ZWIP
CRP
CRP
CRISH
ZWIP
AAH
...
HM
!
CRISH
CRP
CRP!!
AH...
M...
HM
!!
DOM

IL VEUT L'ADHÉSION DU BLANC ET DU GRIS.

ÇA DÉBORDE.

SON EX, CHIAKO, ÉTAIT DU STYLE "SURTOUT PAS D'ENFANT !".

TU... REGRETTES ?
NON... CE N'EST PAS ÇA.
DISONS QUE JE SUIS EN TRAIN DE METTRE DE L'ORDRE DANS MES IDÉES.
JE SUIS EN PLEINE RÉUNION.
IL FAUT QUE JE ME RESSAISISSE !
PROFITER DE LA SITUATION PUIS AVOIR UN COMPORTEMENT INQUIÉTANT N'EST PAS DIGNE D'UN GENTLEMAN ! C'EST MÊME CELUI D'UN VRAI GOUJAT !!
JE ...
À LA FAC ...
JE VOULAIS ÊTRE TA CIGARETTE.
POUR QUE TU M'EMBRASSES, QUE TU ME MORDES ...
QUE TU JOUES AVEC MOI ...
TU PARLES D'UN IDIOT, HEIN ?
MAIS ÇA ...
JE PENSAIS QUE C'ÉTAIT IRRÉALISABLE ...
ET... LÀ...
AU FOND, TU ES UN ROMANTIQUE ...
VIENS.

JE SUIS VRAIMENT TROP SIMPLE.
IL A SUFFI QUE JE DEVIENNE ACTIF POUR SENTIR DE NOMBREUSES ÉMOTIONS MONTER EN MOI.
JE ME SENS PLUS RESPONSABLE...
ET COMMENT DIRE...
JE RESSENS MÊME DE L'AFFECTION POUR LUI.
SI TU TENAIS AUTANT À CE QUE JE TE PRENNE ...
IL FALLAIT ME LE DIRE PLUS TÔT.
GRR!
SPLASH
ÇA NE VA PAS !! J'AURAIS EU TROP HONTE !!
ET PUIS, SI JE TE L'AVAIS DEMANDÉ DE BUT EN BLANC, TU AURAIS RÉUSSI À BANDER, TOI ?!
NON ...
QUI T'A APPRIS ÇA, HEIN ?
ET TU CONNAISSAIS L'ART ET LA MANIÈRE DE SODOMISER QUELQU'UN ?!
NON ...
SI ON AVAIT ESSAYÉ ET RATÉ ET QUE ÇA AVAIT DÉTRUIT TOUTE LA RELATION QUE J'AVAIS RÉUSSI À CONSTRUIRE !
TU AS RAISON, PARDON.
ET PUIS J'AI TOUJOURS EU SOIN DE BIEN CHOISIR LES ACTIFS.
MA PREMIÈRE EXPÉRIENCE A ÉTÉ TRÈS DOULOUREUSE. J'AI DÛ DE ME PRÉCIPITER CHEZ LE PROCTOLOGUE EN LARMES !!
TRAUMATISÉ !!
DEPUIS, J'AI DÉCIDÉ QUE JE N'ACCEPTERAIS QUE LES MECS EXPÉRIMENTÉS ET FIABLES !!
TU AS EU UN DUR PASSÉ ...

DE CE POINT DE VUE-LÀ, QUELQU'UN QUI A GOÛTÉ AU CÔTÉ PASSIF PEUT DEVENIR UN EXCELLENT ACTIF.
HU HU, J'AI BIEN RÉUSSI À LE DRESSER. JE SUIS FIER DE MOI.
AH... D'ACCORD ! TOUT CE TEMPS OÙ JE ME FAISAIT ENCULER, J'ÉTAIS EN STAGE ?
DU COUP, JE RISQUE DE DEVENIR MOI AUSSI UN ACTIF QUI OUBLIE LES CAPOTES...
J'AI TOUJOURS JOUI DE TON CORPS À SATIÉTÉ ...
MAIS QUELQUE PART DANS MA TÊTE, JE VOULAIS T'INCULQUER CETTE MANIÈRE DE FAIRE POUR QU'UN JOUR TU ME FASSES LA MÊME CHOSE.
IL SUFFIT QUE J'Y METTE UN PEU DU MIEN POUR QUE TU ARRIVES EXACTEMENT OÙ J'AI PRÉVU DE T'EMMENER.
TU ES TELLEMENT FACILE À CERNER ET À MANIPU-LER...

SENPAI ...
JE T'EN PRIE.
MÊME SI JE TE DIS QUE "JE N'EN PEUX PLUS" ...
N'ARRÊTE SURTOUT PAS !
SPLATCH
...
MMH ...
TU VEUX LE FAIRE, LÀ ?
P... PARCE QUE TU ES SUPER DUR ...
NON ...
PRENDS-MOI, S'IL TE PLAÎT.
JE NE PEUX PLUS RÉSISTER !
NON. DE L'EAU VA RENTRER.
ET JE NE POURRAI PAS BOUGER COMME JE VEUX.

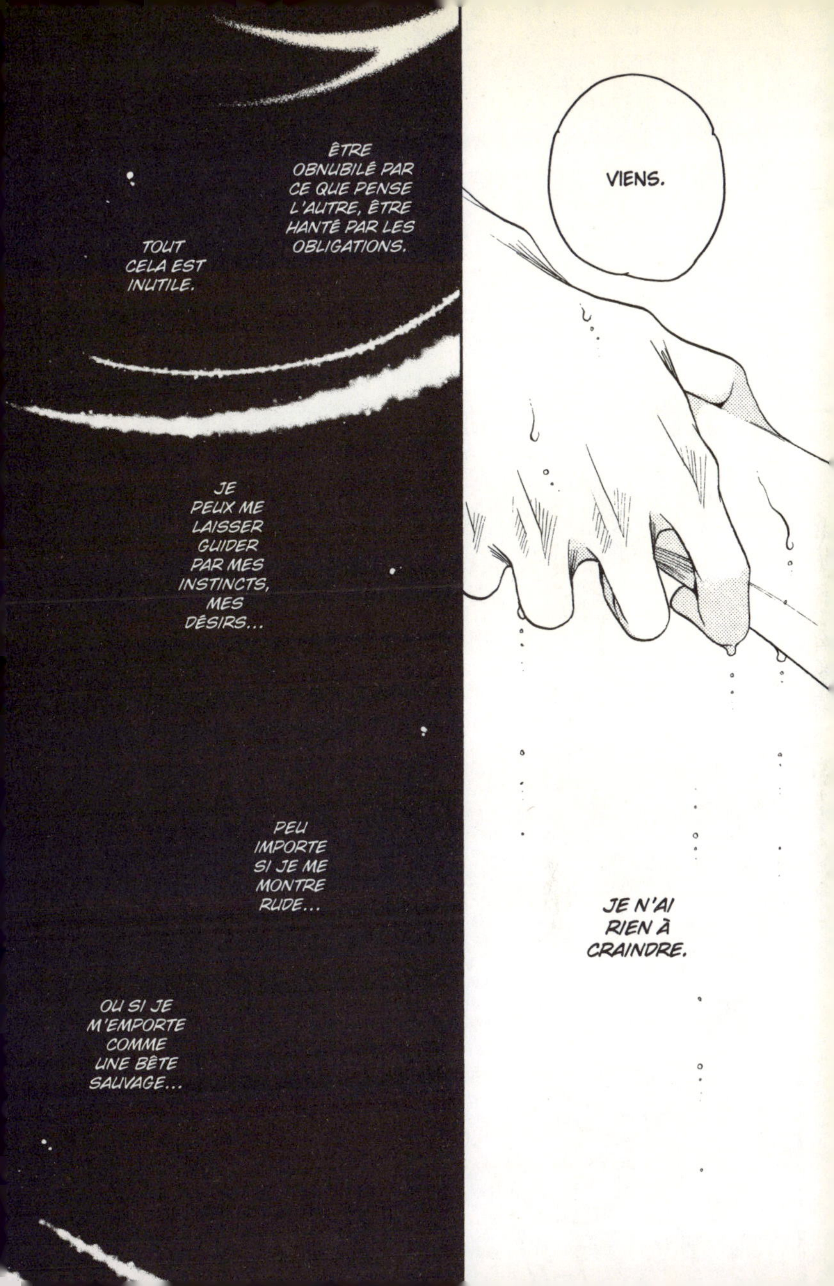
VIENS.
ÊTRE OBNUBILÉ PAR CE QUE PENSE L'AUTRE, ÊTRE HANTÉ PAR LES OBLIGATIONS.
TOUT CELA EST INUTILE.
JE PEUX ME LAISSER GUIDER PAR MES INSTINCTS, MES DÉSIRS...
PEU IMPORTE SI JE ME MONTRE RUDE...
OU SI JE M'EMPORTE COMME UNE BÊTE SAUVAGE...
JE N'AI RIEN À CRAINDRE.

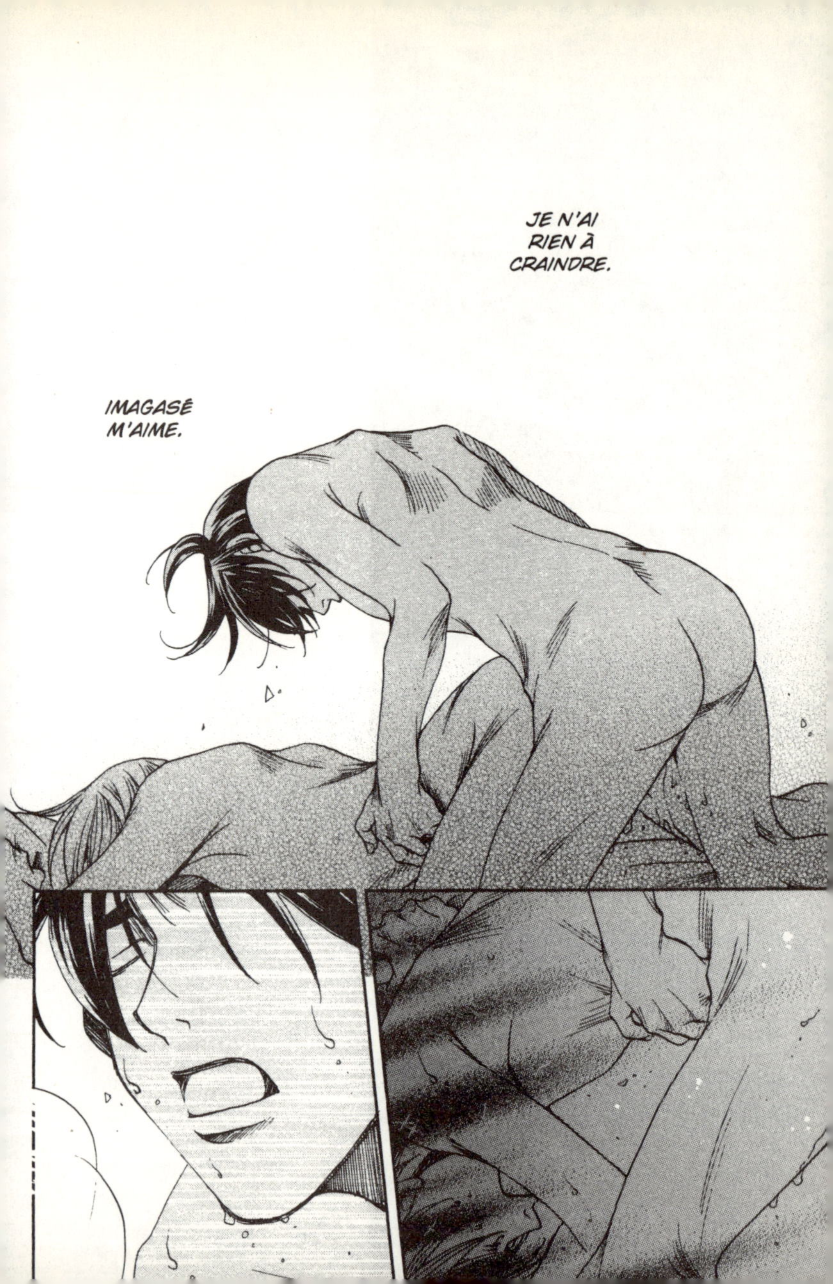
JE N'AI RIEN À CRAINDRE.
IMAGASE M'AIME.

ET MOI, EST-CE QUE JE L'AIME ?
EST-CE DE L'AMOUR...
CETTE AFFECTION QUI ME DÉPASSE ?
CETTE CONFIANCE QUE JE RESSENS À SON ÉGARD ?
CE N'EST SANS DOUTE PAS À MOI D'EN JUGER.
JE NE SAIS PAS À QUEL POINT UN HOMOSEXUEL PEUT AIMER QUELQU'UN.
SI IMAGASE SE SENT AIMÉ, C'EST QUE MON SENTIMENT ÉQUIVAUT À DE L'AMOUR.
SENPAI ...
SINON, ÇA N'EN EST PAS.
ARR ...
AH... AH...
J'EN PE...
ZWIP
ZWIP
ZWIP
AAH !!

SI JE NE PEUX LE COMBLER…
MON SENTIMENT …
AUSSI INTENSE QU'IL SOIT, NE SERA QUE DE L'AUTOSA-TISFACTION.
OUI, C'EST OTOMO.
AH, BONJOUR, COMMENT AL…
HEIN ?

M. YANAGIDA EST DÉCÉDÉ.
LA NOUVELLE EST TOMBÉE JUSTE APRÈS LE DÉPART D'IMAGASÉ...
À LA GRANDE SURPRISE DE TOUS.

MON-SIEUR OTOMO...
...
POUR TON PÈRE...
C'ÉTAIT SI SOUDAIN...
NE ME REGARDEZ PAS.
J'AI UN PEU TROP FORCÉ SUR LE MAQUILLAGE AUJOURD'HUI

CE NE SONT QUE LES FUNÉRAILLES D'UN DIRECTEUR ...
UNE PETITE EMPLOYÉE NE DEVRAIT PAS EN ÊTRE BOULEVERSÉE AU POINT D'AVOIR LES YEUX GONFLÉS.
ALORS J'AI ESSAYÉ DE LE CACHER ...
MAIS JE NE RESSEMBLE À RIEN.
IL A TOUJOURS ÉTÉ MON PÈRE ...
IL N'ÉTAIT PAS SOUVENT LÀ, MAIS IL ME TÉLÉPHONAIT TOUT LE TEMPS.
POUR LES ÉVÉNEMENTS SCOLAIRES, LES ENTRETIENS D'EMBAUCHE ...
OU POUR MON ANNIVERSAIRE, IL ÉTAIT TOUJOURS À MES CÔTÉS.
C'EST QUAND J'AI EU VINGT ANS ...
QUE J'AI APPRIS POUR LA PREMIÈRE FOIS QU'IL AVAIT UNE AUTRE FAMILLE ET QU'IL N'ÉTAIT PAS MARIÉ AVEC MA MÈRE.
MAIS ÇA NE CHANGEAIT RIEN AU FAIT QUE C'ÉTAIT MON PAPA, ÇA NE ME DÉRANGEAIT PAS.
MAIS JE ME TROMPAIS ...
CAR MON PÈRE ...
ÉTAIT AUSSI CELUI DE QUELQU'UN D'AUTRE.

JE NE PEUX PAS M'ASSEOIR À CETTE PLACE.
MON PÈRE ÉTAIT CELUI DE PARFAITS INCONNUS ...
J'AI RÉALISÉ ÇA POUR LA PREMIÈRE FOIS ...
AUJOURD'HUI ...
M. YANAGIDA... ...
M'A RACONTÉ À QUEL POINT ...
TU COMPTAIS POUR LUI.
IL ÉTAIT ...
SINCÈREMENT ...

SSH

CLIC
BONSOIR SENPAI !
MOI AUSSI, JE VIENS DE RENTR...
...
TU ÉTAIS... À UN ENTERREMENT...
OUI.
C'EST NOTRE DIRECTEUR.
UN INFARCTUS ...
J'AI DÉJEUNÉ AVEC LUI IL Y A À PEINE QUELQUES JOURS.
JE N'ARRIVE PAS TRÈS BIEN À RÉALISER ...
J'IRAI PORTER TON COSTUME AU PRESSING.
OUI.
MERCI.
VRR VRR VRR VRR VRR
MAIL
TAMAKI OKUMURA
JE VOUS REMERCIE DE VOTRE SOUTIEN AUJOURD'HUI.
GRÂCE À VOUS, J'AI RÉUSSI À ME RESSAISIR UN PEU.
JE SUIS VRAIMENT DÉSOLÉE D'AVOIR AUTANT PLEURÉ

CLAP
JE VAIS PRENDRE UN BAIN.
ET TOI, IMAGASE ?
J'EN SORS ...
BON.
ALORS J'Y VAIS !
PLAF
VLAF
CLAC
MESSAGES REÇUS
BOÎTE DE RÉCEPTION
ENTREZ LE MOT DE PASSE
MENU
BIP

CLAC
IMA-GASÉ !
J'AI MIS DES BIÈRES AU FRIG...
JE SUIS SURPRIS ...
TOI QUI ÉTAIS SI PEU MÉFIANT, DEPUIS QUAND TU PROTÈGES LES DONNÉES SUR TON PORTABLE ?
ÇA SAUTE AUX YEUX QUE TU AS QUELQUE CHOSE À CACHER.
EH ...
TON MOT DE PASSE ...
J'EN AI ESSAYÉ PLUSIEURS ...

ET QUAND J'AI TAPÉ MA DATE D'ANNIVERSAIRE ...
BINGO. JE N'Y CROYAIS PAS.
JE ME DEMANDE COMMENT TU AS PU CHOISIR CE CHIFFRE.
JE DEVRAIS PEUT-ÊTRE EN RESSENTIR DE LA JOIE ?
AU CONTRAIRE, ÇA M'A COMPLÈTEMENT ABATTU.
JE N'AURAIS JAMAIS DÛ NAÎTRE UN 22 JUIN.
TU COMPRENDS CE QUE JE PEUX RESSENTIR EN DÉCOUVRANT QUE TU AS CACHÉ SON MAIL AVEC MON ANNIVERSAIRE ?!
JE NE L'AI PAS CACHÉ !!

TU L'AS LU, ALORS TU SAIS QU'IL N'Y A RIEN ENTRE ELLE ET MOI !
SON PÈRE EST DÉCÉDÉ. C'EST NORMAL QUE JE LA SOUTIENNE, NON ?!
TU L'AS SÉRRÉE TELLEMENT FORT ...
QUE SON FOND DE TEINT A TACHÉ TON COSTUME.
!
TAMAKI ÉTAIT DONC LA FILLE DU DIRECTEUR ?
C'EST VRAI QU'ELLE A TOUT D'UNE FILLE DE BONNE FAMILLE.
DIRE QUE JE M'ACHARNAIS À CASSER CE MARIAGE DE RÊVE ...
JE SUIS UN VRAI BOULET POUR TOI.
ARRÊTE, TU NE SAIS RIEN D'ELLE !!
NE DIS PAS N'IMPORTE QUOI !!
COMMENT VEUX-TU QUE JE LE SACHE !!
JE NE SUIS PAS PROCHE D'ELLE COMME TOI !!

...
C'EST BON ...
JE VAIS EFFACER CE MESSAGE. ÇA TE VA ?
D'ACCORD, JE NE L'AI PAS EFFACÉ TOUT DE SUITE, MAIS JE N'AVAIS PAS NON PLUS L'INTENTION DE LE CONSERVER DES ANNÉES.
VOULEZ-VOUS EFFACER CE MESSAGE ?
OUI
NON
MENU
Bip
Bip
ARRÊTE ...
TU N'AS TOUJOURS PAS COMPRIS ?
JE SUIS DEVENU...
UN POIDS POUR TOI !

D'OÙ TU SORS ÇA !!
IL N'Y A VRAIMENT RIEN ENTRE ELLE ET MOI ! ON N'A RIEN FAIT !
MAIS... TU PRENDS SOIN D'ELLE !
CE N'EST QU'UNE QUESTION DE TEMPS. OU BIEN TIENS-TU À CE QUE JE SOIS PRÉSENT AU MOMENT DÉCISIF ?
TU ES VRAIMENT LONG À LA DÉTENTE...
IL EST TEMPS POUR NOUS D'EN FINIR.
TU AS ÉTÉ VRAIMENT BIEN AVEC MOI.
TU AS EXAUCÉ TOUS MES SOUHAITS.
JE SUIS COMBLÉ.
NOUS AVONS PARCOURU LE CHEMIN QUI S'OFFRAIT À NOUS...
MAIS... NOUS NOUS ARRÊTONS LÀ.
NOUS N'IRONS PLUS NULLE PART ENSEMBLE.
ON EST DANS UNE IMPASSE !

CE GENRE DE SITUATION ME REFROIDIT NET.
JE VAIS BIENTÔT AVOIR 30 ANS ...
ET JE VOUDRAIS VIVRE TRANQUIL-LEMENT AUPRÈS DE CELUI QUI EST FAIT POUR MOI.
CE N'EST PAS TON CAS.
JE NE PEUX PAS ÊTRE AVEC TOI ...
ET TU NE PEUX PAS ÊTRE AVEC MOI.
FINISSONS-EN...
IMAGASE ...
JE...

JE CROIS... T'...
JE CROIS SAVOIR...
QUE TU AS SOUFFERT BIEN PLUS QUE MOI...
POUR FAIRE QUE CETTE RELATION PUISSE MARCHER.
JE N'AI FAIT QUE PROFITER DE LA SITUATION ...
MAIS POUR TOI, ÇA A DÛ ÊTRE UN VRAI CALVAIRE.
...

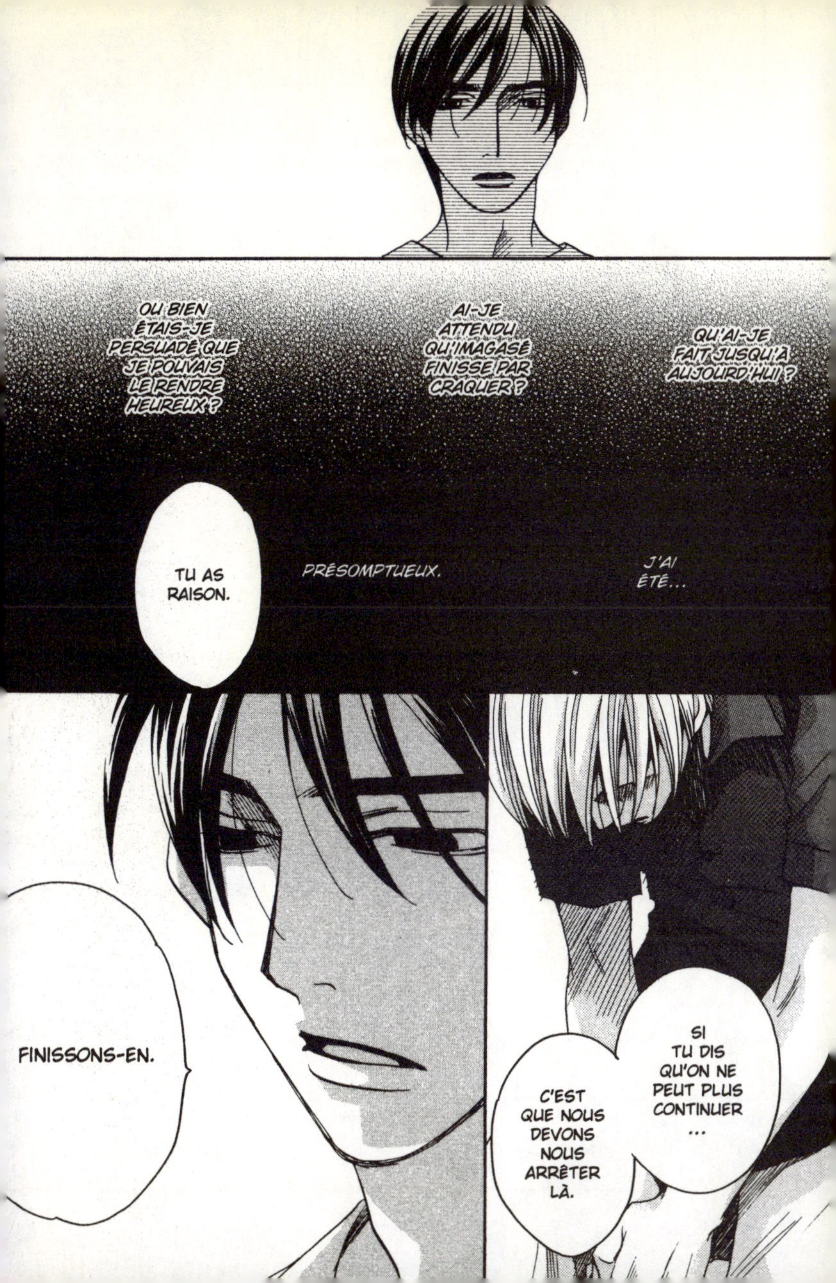
QU'AI-JE FAIT JUSQU'À AUJOURD'HUI ?
AI-JE ATTENDU QU'IMAGASÉ FINISSE PAR CRAQUER ?
OU BIEN ÉTAIS-JE PERSUADÉ QUE JE POUVAIS LE RENDRE HEUREUX ?
J'AI ÉTÉ...
PRÉSOMPTUEUX.
TU AS RAISON.
SI TU DIS QU'ON NE PEUT PLUS CONTINUER ...
C'EST QUE NOUS DEVONS NOUS ARRÊTER LÀ.
FINISSONS-EN.

AAH...
IL N'Y A PLUS RIEN À FAIRE.
C'EST FINI.
JE CROYAIS QUE ÇA NE MARCHAIT POURTANT PAS TROP MAL ENTRE NOUS...
MAIS IL SUFFIT TOUJOURS D'UN PETIT ACCRO-CHAGE POUR QUE TOUT PARTE EN FUMÉE.
"JE M'EN DOUTAIS"...
QUELQUE PART, JE ME DIS QUE C'EST LOGIQUE.
JE MANQUE VRAIMENT DE SENSIBILITÉ.
FINALEMENT, JE N'ÉTAIS PAS DU TOUT AMOUREUX D'IMAGASÉ.
CE N'ÉTAIT QUE DE L'AUTOSATIS-FACTION.
J'AI BIEN FAIT DE NE PAS LUI DIRE QUE JE L'AIMAIS.
SENPAI...

QUE DIRAIS-TU D'ALLER FAIRE UN TOUR EN VOITURE ?
QUAND LE JOUR SE LÈVERA, JE METTRAI UN POINT FINAL À NOTRE RELATION.
JE VEUX QU'ON SOIT BIEN AU CLAIR, POUR NE PAS GARDER DE SÉQUELLES.
ET DEMAIN, ON COMMENCERA TOUS LES DEUX UNE NOUVELLE VIE, CHACUN DE SON CÔTÉ.
JE VOUDRAIS VOIR LA MER.
ALLONS TOUS LES DEUX ...
VOIR LE SOLEIL LEVANT POUR LA DERNIÈRE FOIS.

* "NINGYO" OU LA SIRÈNE, EST UNE CHANSON SUR UN AMOUR PERDU, NDT.

"UNE PERSONNE QUI M'AIMERA".
ÇA TE RESSEMBLE BIEN.
MOI, ÇA M'IMPORTE PEU. ET MÊME S'IL M'AIME, SI, DE MON CÔTÉ, JE NE RESSENS RIEN POUR LUI, JE LE TROUVERAI JUSTE LOURD.
ALORS QUE SI MOI J'ARRIVE À L'AIMER, ÇA ME SUFFIT.
S'IL ME LAISSE RESTER À SES CÔTÉS SANS QUE ÇA LE GÊNE, TOUT VA BIEN.
MAIS TU NE SERAS PAS MALHEUREUX ?
NON, PAS TELLEMENT.
PLUTÔT QUE DE SE FIER AUX SENTIMENTS INSONDABLES D'UN AUTRE…
JE PRÉFÈRE ME RENDRE HEUREUX MOI-MÊME.
…
MAIS JE TROUVE ÇA TRISTE QUAND MÊME…
AU FAIT, J'EN PROFITE POUR TE LE DIRE…
JE SUIS HIV NÉGATIF. TU N'AS PAS DE SOUCI À TE FAIRE DE CE CÔTÉ-LÀ.
AH BON…
JE NE SAVAIS PAS QUE TU AVAIS FAIT LE TEST.
SI TU M'AVAIS PRÉVENU, J'AURAIS PU Y ALLER AUSSI.
C'ÉTAIT JUSTE AVANT D'ALLER SQUATTER CHEZ TOI, QUAND TU ES REDEVENU CÉLIBATAIRE. EN TÉMOIGNAGE DE BONNE FOI.
…
CE QUI VEUT DIRE QUE QUAND TU ME FAISAIS CHANTER AU DÉBUT…
ENFIN MOI QUI N'AI JAMAIS FAIT LE TEST, JE N'AI RIEN À DIRE…
À CE MOMENT-LÀ, JE N'ÉTAIS PAS ENCORE SÉRIEUX.
POUR COMMENCER, JE NE PENSAIS MÊME PAS QUE J'ARRIVERAIS VRAIMENT À MES FINS.
ET JE ME DISAIS QUE SI J'Y ARRIVAIS, J'EN PROFITERAIS JUSTE POUR UNE NUIT.
APRÈS QUE TU AS QUITTÉ LA FAC…
JE ME SUIS FORCÉ À VIVRE DIVERSES EXPÉRIENCES POUR POUVOIR PROFITER AU MIEUX DE L'AMOUR.
AYANT VÉCU BEAUCOUP DE CHOSES, JE ME SENTAIS MATURE…
ET L'AMOUR QUE JE T'AVAIS PORTÉ RESSEMBLAIT DE PLUS EN PLUS À UNE FOUGUE DE JEUNESSE.

QUAND CHIKAKO EST ARRIVÉE ET M'A DONNÉ TON NOM, J'AI SENTI MES JAMBES SE DÉROBER SOUS MOI.
JE CROYAIS QUE JE M'ÉTAIS DÉBARRASSÉ DE TOI ET POURTANT, JE TE RETROUVAIS...
MAIS RIEN À FAIRE...
IMAGASÉ ! ÇA FAISAIT UN BAIL !
TU VAS BIEN ? TU N'AS PAS CHANGÉ !
DÈS QUE TU M'ES APPARU, MON CŒUR S'EST MIS À PALPITER À UNE VITESSE FOLLE.
TU M'AS SURPRIS QUAND TU M'AS PARLÉ D'AGENCE DE RENSEIGNEMENT.
SI JE PEUX T'AIDER.
J'AI VOULU DOMPTER...
CET AMOUR TROP SPÉCIAL QUE JE T'AI PORTÉ.
SI J'ARRIVAIS À LE DÉCRÉDIBILISER EN UNE NUIT, J'AURAIS PU L'ENSEVELIR COMME UNE ERREUR DU PASSÉ.
...
DIS-MOI... ME DEMANDER DE COUCHER ET FAIRE SEMBLANT DE CÉDER POUR M'EMBRASSER...
C'ÉTAIT UN PLAN MONTÉ DE TOUTES PIÈCES, HEIN ?
TOUT A COMMENCÉ PARCE QUE JE ME SUIS LAISSÉ ENTRAÎNER À L'EMBRASSER À CE MOMENT-LÀ...
OUI, ON PEUT DIRE ÇA.
LE B.A.-BA DE LA NÉGOCIATION. ♪
C'EST PLUS SYMPA DE COMMENCER UN MENU PAR L'ENTRÉE. C'ÉTAIT UNE CHANCE INESPÉRÉE, JE VOULAIS PRENDRE TOUT MON TEMPS POUR EN PROFITER. ♥
国道134
ROUTE-13
江ノ島
Enoshima
鎌倉
amakura
467
32
ALORS... DEPUIS LE DÉPART, TOUT SE PASSE SELON TES PLANS.
MAIS OUI, C'EST À EN MOURIR DE RIRE.
HA HA HA HA

SI J'AVAIS ÉTÉ UNE FEMME ...
J'AURAIS PU EN PROFITER DAVANTAGE ET PLUS LONGUEMENT.
J'AURAIS PU TOUT ORGANISER POUR TE POUSSER À M'ÉPOUSER ...
J'AURAIS RENCONTRÉ TES PARENTS EN TOUT BIEN TOUT HONNEUR ...
NOUS AURIONS EU DEUX OU TROIS ENFANTS, J'AURAIS FAIT PARTIE DE L'ASSOCIATION DES PARENTS D'ÉLÈVES...
NOUS NOUS SERIONS DISPUTÉS, EXASPÉRÉS, NOUS AURIONS VIEILLI ...
ET À LA FIN, J'AURAIS ÉTÉ À TON CHEVET POUR TE DIRE : "JE TE REJOINS TOUT DE SUITE, NE ME TROMPE PAS AVEC UN ANGE."
C'EST MOI QUI MEURS EN PREMIER ?
ET J'AURAIS DÉMISSIONNÉ POUR ME CONSACRER UNIQUEMENT À TOI ET TON FOYER.
MAIS TOUT ÇA EST VAIN.

DE TOUTE MANIÈRE, J'AVAIS L'INTENTION DE TE QUITTER.
PEU IMPORTE L'ÉLÉMENT DÉCLENCHEUR.
LE MOMENT ÉTAIT BIEN CHOISI, TU AS ÉVITÉ DE LAISSER FILER UN BON PARTI.
RIEN NE DIT QU'ON SE METTRA ENSEMBLE...
C'EST VRAI.
UNE FEMME ENCORE PLUS GÉNIALE PEUT ARRIVER ET TE SÉDUIRE.
TU ES DE PLUS EN PLUS BEAU CES DERNIERS TEMPS.
TU M'AS VU ? CE N'EST PAS À MOI QUE ÇA ARRIVERAIT.
TU ASPIRES PLUS QUE N'IMPORTE QUI À ÊTRE AIMÉ...
MAIS TU NE TE FIES ABSOLUMENT PAS À L'AMOUR QU'ON TE PORTE.
DONC TU ERRES...
EN ESSAYANT DE CAPTER LES SENTIMENTS DES GENS QUI T'APPROCHENT.
JE SAIS POURQUOI.
TU PENSES QUE TU ES UN HOMME SANS INTÉRÊT.

SENPAI, TU AS TORT.
TU ES QUELQU'UN DE TRÈS INTÉRESSANT.
AVANT DE TE QUITTER, JE VAIS T'APPRENDRE CE QU'IL Y A DE BIEN EN TOI. SOUVIENS-T'EN.
TU ES, ET TU AS TOUJOURS ÉTÉ GENTIL.
AVEC LES HOMMES, LES FEMMES, LES GENS BEAUX COMME CEUX QUI NE L'ÉTAIENT PAS ...
TU AS TOUJOURS FAIT PREUVE D'UNE GENTILLESSE SANS DISTINCTION.
TU N'AS PAS CHANGÉ TA MANIÈRE D'ÊTRE EN APPRENANT QUE J'ÉTAIS GAY ...
J'AI ÉTÉ TRÈS HEUREUX QUE TU SOIS HONNÊTE AVEC MOI.
EUH... QUAND J'Y PENSE ...
JE ME DIS QUE J'AURAIS PU FAIRE UN PEU PLUS ATTENTION ...
SI TU AVAIS AGI AINSI, JE ME SERAIS SENTI MIS À L'ÉCART ET ÇA M'AURAIT FAIT DE LA PEINE.
TU NE SAIS PAS À QUEL POINT TON ATTITUDE SINCÈRE A PU ME FAIRE DU BIEN.
ET PUIS J'AIME AUSSI TON VISAGE.
TU NE TE FAIS PAS REMARQUER, MAIS TES TRAITS SONT RÉGULIERS ET TU AS UNE BELLE PEAU.
LORSQUE TU PORTES TA CHEMISE BLEU CLAIR, TU IRRADIES TELLEMENT QUE TU ME DONNES LE TOURNIS.

ENFIN, CE DONT J'AI VRAIMENT DU MAL À ME SÉPARER, C'EST DE TON CORPS...
QUAND TU T'ES MONTRÉ TRÈS VIRIL ET UN BRIN SADIQUE, TU ÉTAIS VRAIMENT TROP BON...
EH ATTENDS, LÀ !
C'EST PARCE QUE TU M'Y AS POUSSÉ QUE J'AI FAIT ÇA !!
CACHER PARMI LES HÉTÉROS UN MEC 100% COMPATIBLE AVEC MOI DANS LES DEUX POSITIONS...
QUE DIEU EST CRUEL...
ON EN ARRIVE LÀ.
TU ME DIS QUE JE SUIS QUELQU'UN DE BIEN...
MAIS J'AI PLUTÔT L'IMPRESSION QUE J'ÉTAIS SURTOUT À TON GOÛT SEXUELLEMENT PARLANT...
TANT MIEUX SI J'AI PU TE DONNER DU PLAISIR.
TOUS CES COMPLIMENTS NE T'ONT PAS SUFFI ?
BON... ALORS...
TU GLANDES À LA MAISON, MAIS AU BOULOT, TU ES COMPÉTENT.
TU SENS LES CHOSES ET TU FAIS ATTENTION À CEUX QUI T'ENTOURENT.
TU ES À L'ÉCOUTE DES AUTRES...
JE ME SENTAIS BIEN QUAND ON SE PARLAIT COMME QUAND ON SE TAISAIT.
PERSONNELLEMENT...
J'AI APPRÉCIÉ LES REPAS QUE NOUS AVONS PARTAGÉS.
ET J'ÉTAIS TRÈS HEUREUX DE M'ENDORMIR À TES CÔTÉS.

IL SUFFIT QUE TU SOIS LÀ POUR RENDRE L'AMBIANCE DES LIEUX AGRÉABLE.
TU ES CE GENRE DE PERSONNE.
CROIS DAVANTAGE EN TOI.
JE TE LE DIS, MOI QUI NE REGARDAIS QUE TOI.
PRENDS LE VOLANT AU RETOUR ...
SI JE CONDUIS, JE RISQUE DE FONCER DANS UN MUR.

CE QUE TU AS VÉCU AVEC MOI N'ÉTAIT PAS GRAND CHOSE …
UN SONGE FUGACE …
QUE TU AURAS FAIT UNE NUIT SOMBRE DE TON EXISTENCE.
QUAND IL FERA JOUR, TU VIVRAS DE NOUVEAU DANS LE MONDE QUI EST LE TIEN …
ET L'ANIMAL NOCTURNE S'EN IRA.
J'AI SUCÉ MA PROIE JUSQU'À LA MOELLE …
IL EST TEMPS QUE JE M'EN RETOURNE DANS MA SOMBRE FORÊT.
JE SUIS RASSASIÉ …
LE JOUR SE LÈVE …
SENPAI … DIS QUELQUE CHOSE.

...
PARLE-MOI...
... DÉSOLÉ ...
VRAIMENT ...
... ET MERCI ...

AH ...
VRAIMENT ...

JE T'AIMAIS ...

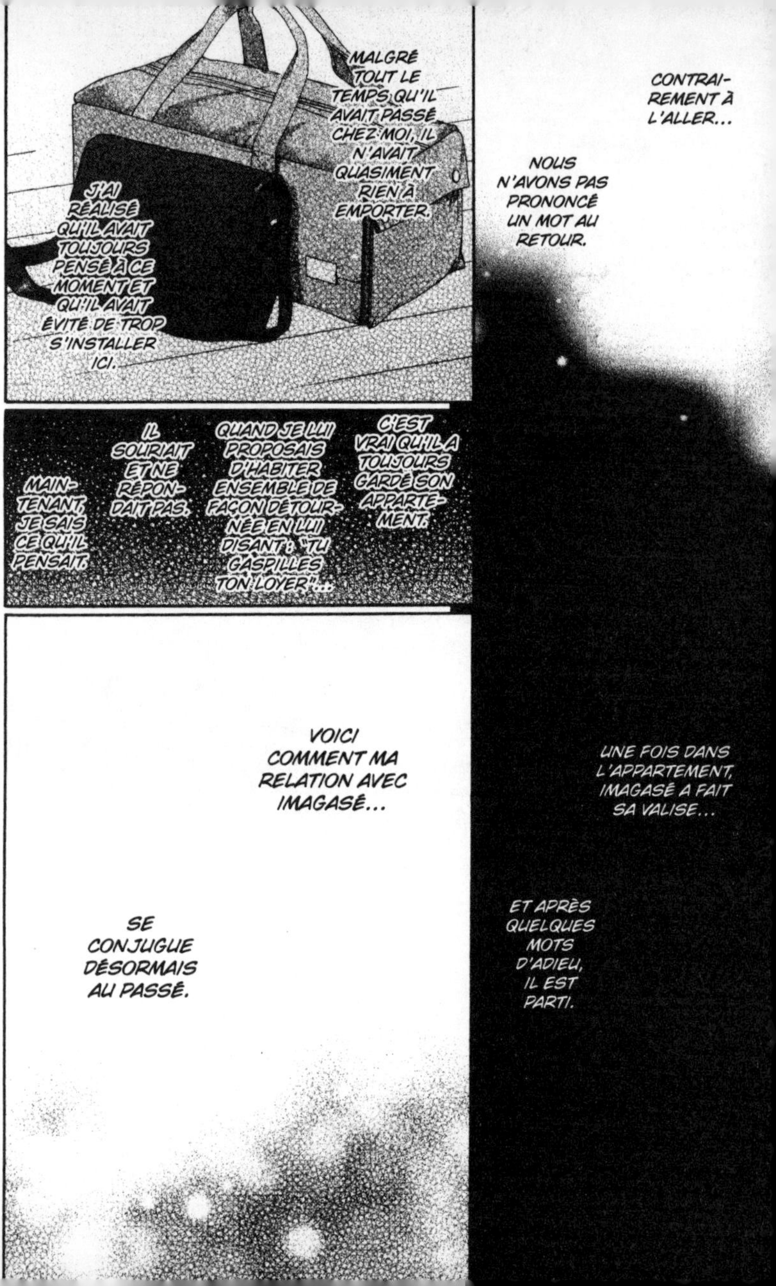
CONTRAIREMENT À L'ALLER...
NOUS N'AVONS PAS PRONONCÉ UN MOT AU RETOUR.
MALGRÉ TOUT LE TEMPS QU'IL AVAIT PASSÉ CHEZ MOI, IL N'AVAIT QUASIMENT RIEN À EMPORTER.
J'AI RÉALISÉ QU'IL AVAIT TOUJOURS PENSÉ À CE MOMENT ET QU'IL AVAIT ÉVITÉ DE TROP S'INSTALLER ICI.
C'EST VRAI QU'IL A TOUJOURS GARDÉ SON APPARTEMENT.
QUAND JE LUI PROPOSAIS D'HABITER ENSEMBLE DE FAÇON DÉTOURNÉE EN LUI DISANT : "TU GASPILLES TON LOYER"...
IL SOURIAIT ET NE RÉPONDAIT PAS.
MAINTENANT, JE SAIS CE QU'IL PENSAIT.
UNE FOIS DANS L'APPARTEMENT, IMAGASÉ A FAIT SA VALISE...
ET APRÈS QUELQUES MOTS D'ADIEU, IL EST PARTI.
VOICI COMMENT MA RELATION AVEC IMAGASÉ...
SE CONJUGUE DÉSORMAIS AU PASSÉ.

TLAC
TLAC
TLAC
TLAC
TLAC
TLAC
TLAC
IL EST FACILE DE SOMBRER DANS LE MALHEUR EN TROUVANT DES DÉFAUTS AU BONHEUR.
JE N'EN PEUX PARLER À PERSONNE DE CE QUE J'AI VÉCU AVEC IMAGASÉ.
JE NE SUPPORTERAIS NI LA MÉPRISE, NI L'AMUSEMENT, NI L'EMBELLISSEMENT.
JE NE VEUX PAS QU'ON FASSE ATTENTION QUAND ON ME PARLE...
NI QU'ON S'IMAGINE DES CHOSES SUR MOI.
JE VEUX QUE PERSONNE NE SOIT AU COURANT.
CEPENDANT, PUIS-JE DIRE QUE L'ARRIVÉE D'IMAGASÉ DANS MA VIE A ÉTÉ SOURCE DE MALHEUR ?
IMAGASÉ...
TU NE ME COMPRENDRAIS PAS.
PERSONNE NE PEUT IMAGINER...
CE QUE JE RESSENTAIS.
PATAUGEANT DANS LES DOUTES...
MAIS RESPIRANT LE BONHEUR.

JE NE PEUX PAS ÊTRE AVEC TOI…
ET TU NE PEUX PAS ÊTRE AVEC MOI.

CLAC
CLAC
MÊME SI JE TE RÉPÈTE QUE "JE NE PEUX PLUS"…
N'ARRÊTE SURTOUT PAS !
MONSIEUR OTOMO…
BONJOUR.
MERCI BEAUCOUP… POUR L'AUTRE FOIS.
MA MÈRE M'A FAIT DES REMONTRANCES. ELLE M'A DIT DE ME MONTRER PLUS DIGNE.
ALORS QU'ELLE DOIT ÊTRE ENCORE PLUS TRISTE QUE MOI…

MONSIEUR OTOMO ! VOUS AVEZ ...
J'AI QUITTÉ ...
UNE PERSONNE AVEC QUI JE VIVAIS DEPUIS UN CERTAIN TEMPS ...
ELLE ME L'AVAIT POURTANT JURÉ.
J'AVAIS TOUS LES ÉLÉMENTS POUR Y CROIRE.
ET MOI ...
JE LUI AI FAIT DIRE TOUT CE QUE JE VOULAIS ENTENDRE ...
J'EN AI TIRÉ TOUT LE PLAISIR QUE JE POUVAIS EN TIRER ...
ET JE N'AI FINALEMENT PAS VOULU D'ELLE.
C'ÉTAIT À MOI DE LUI DIRE QUE C'ÉTAIT POSSIBLE.
AU FOND DE MON CŒUR, JE LE SAVAIS, MAIS JE NE L'AI PAS FAIT.
J'AI FUI ...
J'AI ÉTÉ LÂCHE ...

UN POLTRON COMME MOI ...
MÉRITE DE RESTER CÉLIBATAIRE POUR LE RESTANT DE SES JOURS.
JE NE MÉRITE PAS L'ATTENTION D'UNE JEUNE FILLE RESPECTABLE COMME TOI !
BAM

JE SUIS CONTENTE D'APPRENDRE ...
QUE VOUS VOUS ÊTES SÉPARÉ DE VOTRE AMIE.
JE VOUS VOIS SI TRISTE, MAIS AU FOND DE MOI, JE SAUTE DE JOIE.
JE SONGE SÉRIEUSEMENT À PROFITER DE L'OCCASION...
POUR ME GLISSER À VOS CÔTÉS, DANS CETTE PLACE FRAÎCHEMENT LIBÉRÉE.
JE SUIS AUSSI LÂCHE QUE VOUS.
JE N'AI RIEN D'UNE FILLE RESPECTABLE !!

POURQUOI LE MONDE EST-IL AUSSI LUMINEUX ?
S'IL Y AVAIT UNE CANNETTE VIDE, J'AURAIS DONNÉ UN GRAND COUP DE PIED DEDANS.
S'IL Y AVAIT UN VERRE, JE L'AURAIS CASSÉ.
MAIS C'EST ELLE QUI ÉTAIT LÀ.

MONSIEUR OTOMO ...
VOUS FUMEZ ?
NON ...
C'EST LA PERSONNE AVEC QUI J'ÉTAIS QUI L'A LAISSÉ LÀ.
ELLE M'A DEMANDÉ DE LE CONSERVER PRÉCIEUSEMENT.
JE N'AI POURTANT PAS BESOIN DE ÇA ...
POUR ME SOUVENIR D'ELLE.
COMMENT ÉTAIT-ELLE ?
FUMEUSE.
CALME ET MATURE ?
ET PEUT-ÊTRE QU'ELLE AVAIT PEUR DE LA SOLITUDE ...
VOUS L'AIMIEZ ...
C'ÉTAIT ...
VOTRE PETITE AMIE ...

OUI ...
NOUS ÉTIONS AMANTS ...
ET JE L'AIMAIS.
MON DIEU...
SI TU EXISTES VRAIMENT...
RENDS CET HOMME HEUREUX.

MON PRÉCIEUX...
ET UNIQUE HOMME. DE GRÂCE ...
JE T'EN CONJURE.

TU NE TROUVES PAS QUE MES CHEVEUX SONT PLUS DOUX ?
EUH... PEUT-ÊTRE... OUI...
J'AI CHANGÉ DE COIFFEUR CET AUTOMNE.
JE CROIS QU'ILS ONT DE BONS PRODUITS.
CELUI CHEZ QUI J'ALLAIS AVANT ÉTAIT DOUÉ AUSSI...
MAIS IL NE VOULAIT PAS ME LES RACCOURCIR...
ENFIN BON, ÇA NE T'INTÉRESSE PAS. ♡
LA COIFFURE, LA MODE...
HEIN !
MAIS NON, MAIS NON.
TU NE T'ES MÊME PAS APERÇU DU CHANGEMENT !
JE PARLAIS TOUTE SEULE !
C'EST BON, NE TE SENS PAS OBLIGÉ DE PRENDRE UN AIR INTÉRESSÉ.
JE N'IDÉALISE PAS LES HOMMES À CE POINT.
VRR VRR VRR
VRR VRR VRR
VRR VRR VRR
...
UN PROBLÈME ?

NON !
IL M'EST ARRIVÉ...
D'AVOIR UNE RELATION HOMOSEXUELLE AUTREFOIS.
AQUA MUSEUM
COMME UN POISSON HORS DE L'EAU

CET HOMME ME RÉPÉTAIT TELLEMENT QU'IL M'AIMAIT...
QUE J'AI FINI PAR ME CONVAINCRE QUE CE NE SERAIT PAS SI MAL DE VIVRE ENTOURÉ DE TOUT CET AMOUR...
ET JE ME SUIS LAISSÉ ENTRAÎNER DANS CETTE HISTOIRE.
PRIS DANS SES FILETS, J'AI EXPÉRIMENTÉ BEAUCOUP DE CHOSES.
JE ME SUIS PRIS D'AFFECTION POUR LUI ET JE ME SUIS MIS À L'AIMER.
JE L'AIMAIS...
ENFIN, JE CROIS.
UN VRAI GAY M'AURAIT RI AU NEZ EN DISANT...
“ÇA N'A RIEN À VOIR AVEC L'AMOUR, ÇA.”
J'ADORE LES RAIES !
POUR LEUR SOURIRE ?
C'EST ÇA !
JE N'AI PAS BESOIN QUE QUELQU'UN D'AUTRE ME COMPRENNE.
POUR MOI, CES JOURS ÉTAIENT JUSTE EXTRAORDINAIRES.

JE NE L'IDÉALISE PAS, JE NE LE DÉNIGRE PAS ...
CE SONT SIMPLEMENT DES SOUVENIRS PRÉCIEUX.
UN DAUPHIN BLANC !! ♥
MES DÉBUTS AVEC TAMAKI ÉTAIENT LES PIRES QUI PUISSENT ÊTRE...
MAIS NOUS AVONS RÉUSSI À ARRANGER LA SUITE.
ELLE A ACCEPTÉ SANS SOURCILLER L'ACTE HORRIBLE QUE J'AI PERPÉTRÉ SUR ELLE...
ET SON INNOCENCE N'EN A PAS ÉTÉ ALTÉRÉE.
C'EST VRAI QU'ELLE A SU RESTER TOUT AUSSI HONNÊTE ET SIMPLE EN APPRENANT QUE SON PÈRE AVAIT UNE DOUBLE VIE.
POUR QUELQU'UN COMME ELLE, MON ACTE RIDICULE N'ÉTAIT PEUT-ÊTRE PAS D'UNE SI GRANDE IMPORTANCE.
TROP MIGNON ! ♥
IL NE RESSEMBLE PAS VRAIMENT À UN DAUPHIN.
PARCE QU'IL N'A PAS DE BEC ?
ÇA S'APPELLE UN BEC ?

COMMENT AIMER UNE PERSONNE QUI NOUS EST CHÈRE ...
JE CROIS QUE JE M'Y PRENDS UN PEU MIEUX QU'AUPARAVANT.
SINON...
TOUT CE QU'IL M'A APPRIS EN SE MONTRANT SI DÉVOUÉ À MON ÉGARD N'AURA SERVI À RIEN.
CE QUI EST SÛR, C'EST QU'IL EST DEVENU COMME UNE PART DE MOI-MÊME.
IL A SÉDIMENTÉ EN MOI ET FORMÉ COMME UNE STRATE GÉOLOGIQUE.
C'EST SUR CETTE BASE QUE JE ME CONSTRUIS JOUR APRÈS JOUR.
TU VEUX BIEN ME PARLER DE TON EX ?

JE NE PEUX PAS M'EMPÊCHER ...
D'IMAGINER QUE VOUS AVIEZ DÛ VIVRE LE GRAND AMOUR.
MAIS COMMENT ...
JE ME DEMANDE CE QUI A PU DÉCLENCHER VOTRE SÉPARATION ...
SI TU NE VEUX PAS, NE TE FORCE PAS ...
NON, C'EST BON.
C'EST DU PASSÉ.
COMMENT ÉTAIT-ELLE ?
QU'EST-CE QUE TU AIMAIS EN ELLE ?
COM-MENT ?
EUH ...
C'ÉTAIT UNE PERSONNE POT-DE-COLLE, JALOUSE ET MESQUINE.
ELLE AVAIT L'AIR CALME MAIS BASCULAIT SOUVENT SANS PRÉVENIR DANS DES CRISES D'HYSTÉRIE.
C'ÉTAIT PLUTÔT LOURD, QUAND J'Y REPENSE ...
EUH, TU L'AIMAIS... NON ?
OUI.
JE TROUVAIS TOUT ÇA VRAIMENT ADORABLE.

C'EST ELLE QUI TOURNOYAIT COMME UNE TOUPIE. MOI, J'ÉTAIS PLUTÔT TRANQUILLE.
C'ÉTAIT TELLEMENT ADORABLE ...
JE CROIS COMPRENDRE À QUEL POINT TU L'AIMAIS.
TU PEUX DIRE QUE QUELQU'UN EST BEAU OU GENTIL SANS L'AIMER ...
MAIS POUR LE TROUVER "ADORABLE", IL FAUT EN ÊTRE AMOUREUX.
JE CROIS ...
QUE CE QUE JE PRÉFÉRAIS CHEZ CETTE PERSONNE, C'EST QU'ELLE M'AIMAIT VRAIMENT SANS CONDITION.
JE SUIS ASSEZ CALCULATEUR SUR CES POINTS-LÀ.
HI HI !
QUELLE FRANCHISE !

...
ÇA S'EST FINI TRÈS VITE, QUAND ELLE M'A DIT : "TU PEUX PAS ÊTRE AVEC MOI."
C'EST RIDICULE.
J'AURAIS PU LA CONVAINCRE DU CONTRAIRE SUR LE MOMENT.
C'EST CE QU'ON AVAIT TOUJOURS FAIT. ELLE SE METTAIT EN COLÈRE, JE COMPRENAIS CE QU'ELLE ATTENDAIT DE MOI...
ELLE ME PARDONNAIT ET ON SE REMETTAIT ENSEMBLE... ON A TOUJOURS FONCTIONNÉ AINSI.
MAIS ...
ELLE AVAIT L'AIR DE SOUFFRIR ...
VRAIMENT ...
JE CROIS AVOIR FAIT PAS MAL D'EFFORTS ...
ET J'AI PRIS SOIN D'ELLE AUTANT QUE J'AI PU ...
MAIS MES SENTIMENTS NE SUFFISAIENT PAS À ÉQUILIBRER LA BALANCE.

ALORS ...
J'AI ARRÊTÉ D'ESSAYER DE LA CONVAINCRE OU DE LA RETENIR.
J'AURAIS DÛ LA LIBÉRER PLUS TÔT.
SI J'AI UN REGRET, C'EST CELUI-LÀ ...
MOI, J'AI TOUJOURS ÉTÉ HEUREUX ...
JE NE PENSE PAS QUE CE SOIT TOI QUI ÉTAIS EN TORT ...
C'EST CETTE PERSONNE QUI T'AIMAIT TROP.
JE CROIS COMPRENDRE.
QUAND ON AIME TROP QUELQU'UN ...
ON N'ARRIVE PLUS À RESTER SOI-MÊME ET ON SE DÉTRUIT À PETIT FEU.

JE SUIS DÉSOLÉE ...
DE PARLER COMME ÇA D'UNE PERSONNE QUE JE NE CONNAIS MÊME PAS.
NON ...
ET SI TU POUVAIS LA REVOIR, QUE FERAIS-TU ?
HEIN ...
JE NE VEUX PAS LA REVOIR.
POURQUOI ?
POURQUOI ...
JE N'EN AI VRAIMENT PAS ENVIE ...
PARCE QUE TU SERAIS TENTÉ ?
MAIS NON ...
EH BEN, TU NE LÂCHES PAS L'AFFAIRE ...
HI HI !
C'EST QUE ...
JE NE VOUDRAIS SURTOUT PAS RÉPÉTER L'ERREUR DE LA PERSONNE QUI ÉTAIT AVANT MOI.
C'EST POUR ÇA QU'IL FALLAIT QUE JE TE LE DEMANDE.

POUIC
ぴょこ
MERCI POUR LA LEÇON.
JE FERAI ATTENTION DE NE PAS TOMBER TROP AMOUREUSE DE TOI. ♥
ET PUIS ...
JE NE TE DIRAS JAMAIS : "TU PEUX PAS ÊTRE AVEC MOI".
MÊME SI C'EST SUR LE COUP DE LA COLÈRE OU POUR TE FAIRE RÉAGIR ...
JE CROIS QUE C'EST LE GENRE DE PHRASE QUI CASSE TOUT.
KYOÏCHI ...
EUH...
LA SEMAINE PRO-CHAINE ...
OU CELLE D'APRÈS ...
OU ENCORE PLUS LOIN, SI TU PRÉFÈRES ...
OUI...

EST-CE QUE TU ACCEPTE-RAIS...
DE RENCONTRER MA MÈRE...
JE SUIS DÉSOLÉ...
C'ÉTAIT À MOI DE TE LE DEMANDER.

JE VOUDRAIS ALLER SALUER TA MÈRE.
TU ES D'ACCORD ?
OUI...
EXISTE-T-IL UNE PERSONNE À LAQUELLE ON EST DESTINÉ ?
ET SI ELLE EXISTE...
EST-ELLE UNIQUE ?

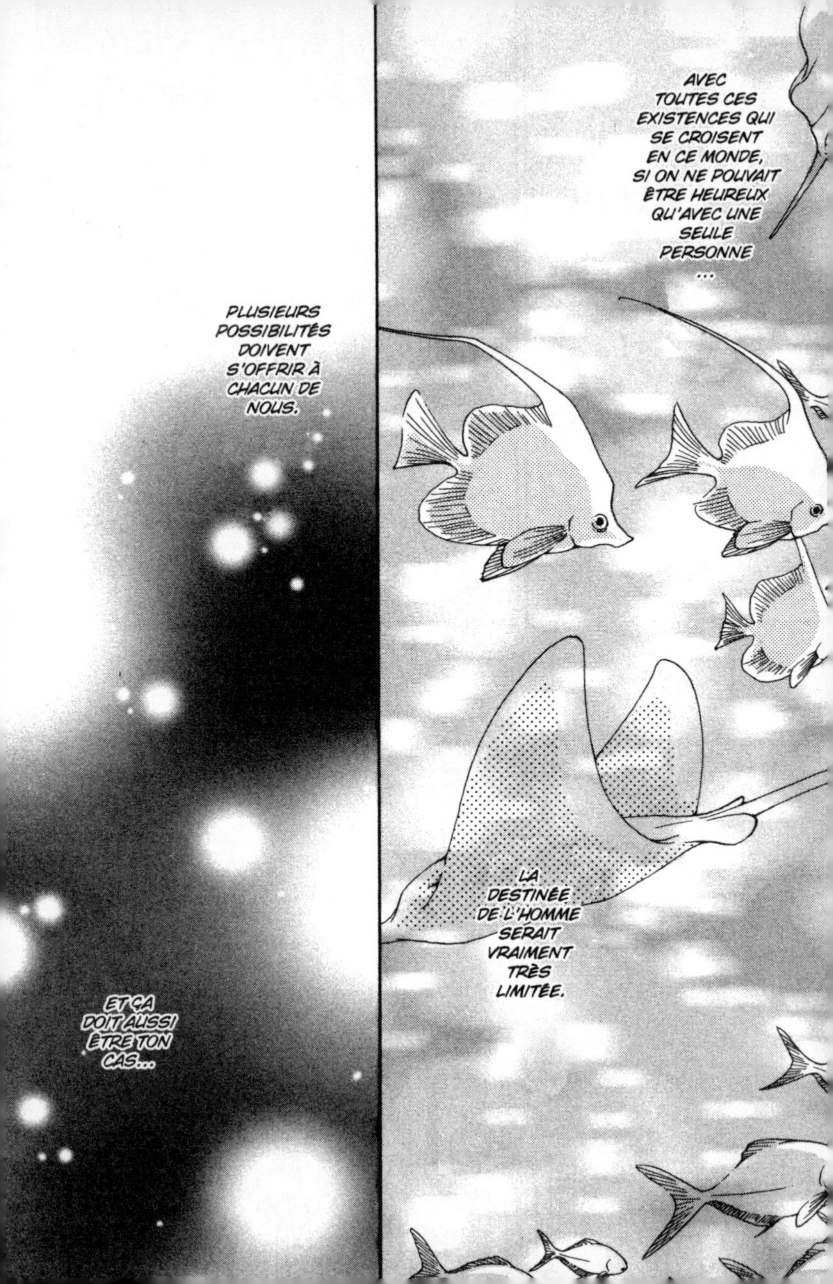
AVEC TOUTES CES EXISTENCES QUI SE CROISENT EN CE MONDE, SI ON NE POUVAIT ÊTRE HEUREUX QU'AVEC UNE SEULE PERSONNE ...
LA DESTINÉE DE L'HOMME SERAIT VRAIMENT TRÈS LIMITÉE.
PLUSIEURS POSSIBILITÉS DOIVENT S'OFFRIR À CHACUN DE NOUS.
ET ÇA DOIT AUSSI ÊTRE TON CAS...

JE JOUE À L'ENFANT GÂTÉ...
AVEC TOI.
TU DOIS ÊTRE FATIGUÉ.
C'EST L'ÂGE.
EH, NE DIS PAS ÇA !
MAIS TU M'AS SEMBLÉ ÊTRE VRAIMENT ÉPUISÉ...
DEPUIS CE JOUR, CES SIX DERNIERS MOIS...
TOUJOURS...

AVEC L'ÂGE, ON SE REMET MOINS VITE !
ARRÊTE DE ME TRAITER DE VIEUX ...
POURTANT, AU TRAVAIL, LE VIEUX MONSIEUR SAIT FAIRE LA PART DES CHOSES. ♥
...
LE TRAVAIL EST SIMPLE, ON SAIT D'AVANCE CE QU'IL FAUT FAIRE ...
... ENFIN, C'EST PAREIL ...
POUR L'AMOUR ...
J'AIMERAIS BIEN VOIR À QUOI RESSEMBLE TON EX.
TU N'AS PAS GARDÉ DE PHOTOS ?
NON... JE N'AI RIEN.
ET JE NE PRENDS PAS TROP DE PHOTOS DE GENS AVEC MON PORTABLE.
MAINTE-NANT QUE TU ME LE DIS ...
C'EST VRAI QU'IL NE ME RESTE PLUS RIEN ...
CE MONDE QUE J'ÉTAIS LE SEUL À VOIR ...
AH BON ...
J'AIMERAIS POUVOIR LE PARTAGER UN JOUR AVEC TOI.

* LANTERNES EN PAPIER QUE L'ON DÉPOSE SUR L'EAU POUR ENVOYER L'ÂME DES MORTS DANS L'AUTRE MONDE, NDT.

VRRR
VRRR
VRRR
VRRR
VRRR
VRRR
VRRR
VRRR
VRRR
VRRR
VRRR
VRRR
VRRR
TAC
VRRR
VRRR
VRRR
VRRR
VRRR
VRRR
TU NE RÉPONDS PAS ?
TU VEUX QUE JE TE LAISSE ?
NON, NE T'EN FAIS PAS !
C'EST QUE... EUH ...
CES DERNIERS TEMPS ...
VR...
JE REÇOIS DES APPELS ANONYMES. ET QUAND JE DÉCROCHE, J'ENTENDS QUELQU'UN MAIS IL NE DIT RIEN.
ET DANS MA BOÎTE AUX LETTRES ...
JE RETROUVE... DE DRÔLES DE CHOSES ...
...
COMMENT ÇA ...
UN PERVERS ?

JE CROIS …
ÇA M'EN A TOUT L'AIR.
PARFOIS, QUAND JE SUIS PRÈS CHEZ MOI, J'AI L'IMPRESSION QU'ON ME SUIT…
DEPUIS QUAND ?
ENVIRON DEUX MOIS …
POURQUOI TU NE M'AS RIEN DIT ?
JE SUIS DÉSOLÉE …
J'AVAIS PEUR QUE TU TE FASSES DE FAUSSES IDÉES.
TU AURAIS PU CROIRE QUE JE FRÉQUENTAIS QUELQU'UN DE LOUCHE …
JE TE JURE QUE JE NE SAIS PAS QUI C'EST.
JE NE PENSERAI JAMAIS ÇA DE TOI.
TU AS PRÉVENU LA POLICE ?
JE NE SAVAIS PAS SI ÇA SUFFISAIT POUR PORTER PLAINTE…
MAIS JE N'ÉTAIS PAS TRANQUILLE …
ET JE NE VOULAIS PAS ATTENDRE QU'IL SE PASSE QUELQUE CHOSE …
ALORS …
JE ME SUIS SOUVENUE DE LA CARTE DE VISITE QU'IL M'AVAIT DONNÉE …
ET J'AI DEMANDÉ CONSEIL À M. IMAGASÉ.

IL M'A ÉCOUTÉ AVEC BEAUCOUP D'ATTENTION ...
SON AGENCE EST EN TRAIN D'ENQUÊTER POUR MOI.
JE SUIS DÉSOLÉE DE NE T'AVOIR RIEN DIT.
...
...
... EUH...
PARDON ...
NON... TU N'AS PAS À T'EXCUSER.
C'EST PLUTÔT À MOI, POUR N'AVOIR RIEN VU ...
JE CROIS QUE TU AS FAIT LE BON CHOIX.
IL VAUT MIEUX LAISSER ÇA AUX PROS PLUTÔT QU'À UN AMATEUR COMME MOI.

EUH...
SÉ VA...
TU DIS ?
IMAGASÉ...
IL VA BIEN ?
OUI.
IL M'AIDE BEAUCOUP.
C'EST QUELQU'UN DE TRÈS DÉLICAT, SYMPATHIQUE ET GENTIL...
IL EST TOUJOURS POSÉ, IL A VRAIMENT BEAUCOUP DE CLASSE.
IL M'A AUSSI DEMANDÉ DE TES NOUVELLES.
VOUS NE VOUS VOYEZ PLUS ?
AH... NON.
ON A ÉTÉ PAS MAL OCCUPÉS CES DERNIERS TEMPS.
C'EST À CAUSE DE MOI QUE VOUS VOUS VOYEZ MOINS ?
TU DEVRAIS ALLER PRENDRE UN VERRE AVEC LUI OU L'INVITER À LA MAISON DE TEMPS EN TEMPS, ÇA NE ME GÊNE PAS, TU SAIS.
TANT QUE CETTE AFFAIRE NE SERA PAS RÉSOLUE, JE SUIS TROP INQUIET POUR PENSER À AUTRE CHOSE.
QU'EST-CE QUE TU RACONTES...
DÉSOLÉE...
IMAGASÉ...
TU ÉTAIS DONC SI PRÈS DE MOI.

TANT MIEUX SI TU VAS BIEN.
TANT QUE TU TRAVAILLES…
QUE TU PRENDS TES REPAS…
QUE TU VIS NORMALEMENT, TOUT VA BIEN.
SI TU AS TROUVÉ UN MEC BIEN ET QUE TU ES HEUREUX AVEC, TOUT VA POUR LE MIEUX.
UN AUTRE MEC…
L'A-T-IL TROUVÉ ?
OUI, SANS DOUTE.
IL N'EST PAS DU GENRE À RESTER SEUL.
PEU IMPORTE.
AAH…
SINCÈREMENT…
TOUT ÇA M'IMPORTE PEU.

IMAGASÉ ...
IL FAIT SI FROID AUJOURD'HUI.
J'AIMERAIS TANT CARESSER TES CHEVEUX.

CRÉTIN...
JE SUIS TOUJOURS ENTRE DEUX EAUX.
SI J'ÉTAIS GAY...
JE POURRAIS L'AIMER BIEN PLUS QUE ÇA.
PLUS FORT...
PLUS PROFONDÉMENT, À UN POINT INIMAGINABLE POUR MOI...
BIEN PLUS PROFONDÉMENT...
LE RAGOÛT DE BŒUF DOIT ENCORE MIJOTER UNE HEURE ET DEMIE ET CE SERA PRÊT.
DÉSOLÉE, ÇA M'AURA FINALEMENT PRIS TOUTE LA JOURNÉE.
KYOÏCHI ?

VLAC
HM !
AH...
...
KYOÏCHI...

EXCEL
OUI, JE VOUS REJOINS BIENTÔT.
AH, JE VOUS VOIS.

TU AS L'IDENTITÉ DE NOTRE HOMME ?
OUI.
KEIJI OKAZAKI, COIFFEUR AU SALON "BEYOND" DE KAMIMEGURO JUSQU'AU MOIS DERNIER OÙ IL A DONNÉ SA DÉMISSION.
ACTUELLEMENT SANS EMPLOI.
LE "BEYOND" DE KAMIME-GURO.
JE VAIS DEMANDER À NOTRE CLIENTE SI ELLE CONNAÎT CE LIEU.
POUR LE MOMENT, ON SAIT JUSTE QU'IL RÔDE AUTOUR DE SON DOMICILE ...
IL FAUDRAIT LE SUIVRE ENCORE UN PEU ...
AH ! IL SORT.
JE PRENDS LA SUITE POUR LA FILATURE.
ATTENDS ...

NIQUE GYNÉCOLOGIQUE
HOSHIKAWA
UR RÉSERVATION
MONSIEUR IMAGASÉ ?
MON-SIEUR IMAGASÉ !
AH !
AURAIT-IL L'INTENTION D'APPROCHER LA CLIENTE ?

VRR VRR VRR VRR VRR
ALLÔ.
BONJOUR M. IMAGASÉ ...
TAMAKI ...
TU CONNAIS LE SALON "BEYOND" À KAMIMEGURO ?
EUH... OUI, C'EST LÀ QUE J'ALLAIS JUSQU'À L'ANNÉE DERNIÈRE.
MAIS ÇA FAIT UN MOMENT QUE JE N'Y RETOURNE PLUS ...
TAMAKI ...
REVIENS DANS LA GRANDE RUE, COMME SI DE RIEN N'ÉTAIT.
QUOI ?
RETOURNE DANS UN ENDROIT OÙ IL Y A DU MONDE.
HEIN ?
ON ARRIVE TOUT DE SUITE ...
ALLÔ ?
TAMAKI ?
TAMAKI !

POURQUOI LES AVEZ-VOUS COUPÉS ?
ÇA NE VOUS VA PAS DU TOUT.
JE VOUS L'AVAIS BIEN DIT ...
QU'IL NE FALLAIT PAS LES RACCOURCIR.
TAMAKI !!

ガタ
ガタ
BADAM
ガタ
BOUM
TAP
ばた
ばた
TAP
ばた
TAP
ATTRAPE-LE !!
OUI !
TAMAKI !!
TAMAKI !!
CLANG
CLAC

BO
BOM
BOBOM
BOBOM

バタ
TAP
バタ
TAP

MONSIEUR !!
MADEMOISELLE NOGAMI !
DÉSOLÉ, JE N'AI PAS EU TON MESSAGE TOUT DE SUITE.
ET TAMAKI ?
ÇA VA, DES BLESSURES SANS GRAVITÉ.
UN POLICIER EST VENU L'INTERROGER. IL VIENT DE REPARTIR.
MERCI D'ÊTRE VENU… JE N'ARRIVE PAS À CONTACTER SA MÈRE POUR L'INSTANT.
VRR
KYOÏCHI.
TAMAKI !
ÇA A PRIS UNE DIMENSION ASSEZ INATTENDUE…
DÉSOLÉE DE T'AVOIR INQUIÉTÉ.

MAIS TU N'AS PAS À T'EXCUSER ! C'EST …
TOUT VA BIEN.
JE ME SUIS UN PEU COGNÉ LA TÊTE ET J'AI JUSTE UNE BOSSE ET UNE ÉGRATIGNURE… J'AI UN PEU HONTE D'ÊTRE DANS CETTE SITUATION.
TU N'AS PAS BESOIN DE SOURIRE DANS CES MOMENTS !
PARDON …
MAIS JE NE RÉALISE PAS VRAIMENT CE QUI S'EST PASSÉ.
JE ME DEMANDE PRESQUE POURQUOI JE SUIS LÀ.
M. IMAGASÉ A ACCOURU À MON SECOURS.
LA PERSONNE QUI ME HARCELAIT A ÉTÉ ARRÊTÉE.
C'ÉTAIT MON ANCIEN COIFFEUR …
UNE SACRÉE SURPRISE …
MAIS BON, CE SONT DES CHOSES QUI ARRIVENT.

M. IMAGASÉ M'AVAIT POURTANT BIEN DIT DE FAIRE ATTENTION À MES DONNÉES PERSONNELLES ET DE NE PAS JETER MES PAPIERS N'IMPORTE OÙ.
MAIS JE N'ÉTAIS PAS ASSEZ ATTENTIVE... IL A SU QUE J'ALLAIS À LA CLINIQUE ET IL M'A ATTENDUE.
HEUREUSEMENT QUE M. IMAGASÉ EST ARRIVÉ À TEMPS.
CLAC

ÇA FAISAIT UN MOMENT ...
SENPAI ...

JE TE REMERCIE …
D'AVOIR AIDÉ TAMAKI.
DÉSOLÉ… JE…
ELLE N'A RIEN DE GRAVE, C'EST DÉJÀ ÇA.
SI TU N'AVAIS PAS ÉTÉ LÀ…
TU TE TROMPES.
DÉSOLÉ …
JE…
IMAGASÉ ?

J'AI SU QU'ELLE ÉTAIT JUSTE ALLÉE PASSER ...
UN EXAMEN DE ROUTINE.
MAIS MOI ...
TU AS CRU QU'ELLE ÉTAIT ENCEINTE ?
ELLE EST TOMBÉE DANS L'ESCALIER, ELLE A PERDU CONNAIS-SANCE ...
ET MOI, JE SUIS RESTÉ PLANTER LÀ À LA REGARDER ...
MA TÊTE ÉTAIT VIDE, JE NE POUVAIS PLUS BOUGER.
JE NE SAIS PAS CE QUI M'A MIS DANS CET ÉTAT ...

J'AI... DÛ ESPÉRER ...
"QU'IL ARRIVE QUELQUE CHOSE" ...
...
ARRÊTE ...
AUCUN BÉBÉ N'A EU À EN SOUFFRIR ...
ELLE S'EN EST BIEN SORTI ...
ET L'AFFAIRE EST CLOSE.
TU NE VOIS QUE LE RÉSULTAT.
MAIS J'AURAIS TRÈS BIEN PU...
ÇA NE SERT À RIEN D'IMAGINER CE QUI AURAIT PU SE PASSER.
ÇA SUFFIT ...
C'EST... BIEN ASSEZ ...
...

VAS-TU…
L'ÉPOUSER ?
…
C'EST BIEN POSSIBLE …
…
MOI …
ÇA N'A SANS DOUTE AUCUN INTÉRÊT POUR TOI, MAIS …
JE N'AI EU PERSONNE DEPUIS …
JE ME DISAIS QUE JE N'AVAIS QU'À ME TROUVER UN MEC VITE FAIT …
MAIS JE N'ARRIVE PLUS À ACCEPTER UN AUTRE QUE TOI.
…
PARCE QUE …

PARCE QUE CE CORPS A ÉTÉ À TOI ...
AUCUN INTÉRÊT ...
VRAIMENT.
TU ME TROUVES LAMENTA-BLE...
DE RESTER ACCROCHÉ À TOI, SANS AVANCER.
JE SUIS LE PREMIER À EN ÊTRE DÉGOÛTÉ ...
PENDANT CES SIX MOIS APRÈS NOTRE RUPTURE ...
J'AI EU UNE EXISTENCE DONT JE N'AI PAS À ROUGIR.

J'AI ESSAYÉ DE T'OUBLIER...
J'AI REDOUBLÉ D'EFFORTS AU TRAVAIL...
J'AI ACCEPTÉ TOUTES LES INVITATIONS POUR NE PAS RESTER SEUL...
JE SUIS ALLÉ DANS UNE SALLE DE SPORT...
JE ME SUIS FORCÉ À DORMIR, MÊME QUAND JE N'Y ARRIVAIS PAS, QUITTE À PRENDRE DES CACHETS...
J'AI REMPLI MON AGENDA POUR ÉVITER DE ME SOUVENIR DE TOI.
J'ÉTAIS PLUTÔT EN FORME.
TANT QU'IL TRAVAILLE, MANGE ET DORT, UN ÊTRE HUMAIN RESTE EN VIE...
MAIS C'ÉTAIT TOUT...
IL N'Y AVAIT RIEN D'AUTRE.
ÉTRANGE-MENT...
JE NE RESSENTAIS PLUS RIEN.
RIEN DU TOUT...

ET UN JOUR ...
TAKASUGI M'A CONTACTÉ.
TU TE RAPPELLES ? MON EX ...
IL M'A DEMANDÉ : "TON SENPAI VA BIEN ?" ...
ALORS JE LUI AI RÉPONDU, L'AIR DE RIEN : "IL N'EST PLUS LÀ !".
ON A PARLÉ UN PEU DE TOUT ET J'AI RACCROCHÉ.
ET LÀ, JE ME SUIS RENDU COMPTE ...
QUE JE N'ARRIVAIS PAS À ME SOUVENIR DE TON NOM.
J'AVAIS BEAU CHERCHER, PAS UNE SEULE LETTRE NE ME REVENAIT.
IL Y AVAIT UN GRAND VIDE DANS MA TÊTE ...
DANS LEQUEL TOUT AVAIT DISPARU ...
J'AI EU TRÈS PEUR ...
PANIQUÉ, J'AI RAPPELÉ TAKASUGI.
POUR LUI DEMANDER : "C'ÉTAIT QUOI, LE NOM DE MON SENPAI ?"

"QU'EST-CE QUE TU RACONTES ? C'EST KYOÏCHI OTOMO." M'A-T-IL DIT EN RIGOLANT ...
MAIS ENSUITE, ÇA A ÉTÉ L'HORREUR.
J'AI FONDU EN LARMES.
TAKASUGI S'EST ÉNERVÉ, IL CRIAIT : "ÇA S'EST PASSÉ COMMENT POUR TE TRAUMATISER À CE POINT ?" IL T'A INSULTÉ.
C'EST RIDICULE, TU NE TROUVES PAS ?
ALORS QU'ON S'EST QUITTÉS DANS LES MEILLEURES CONDITIONS QUI SOIENT ...
MAIS ...
C'EST À CE MOMENT ...
QUE J'AI PRIÉ DU FOND DE MON CŒUR ...
QUOI QUE J'AIE À SUBIR ...
NE ME PRENEZ PAS SON NOM ...

ET C'EST JUSTE APRÈS CELA ...
QUE TAMAKI M'A CONTACTÉ.
SENPAI ...
JE T'EN SUPPLIE.
LAISSE-MOI EXISTER DANS UN COIN DE TA VIE.
JE NE VEUX PAS EMPÊCHER TON MARIAGE.
VOUS FORMEREZ SANS DOUTE UN TRÈS BEAU COUPLE ET JE NE M'IMMISCERAI PAS DANS VOTRE VIE.
MAIS UNE FOIS PAR MOIS, OU MÊME UNE FOIS TOUS LES SIX MOIS...
LAISSE-MOI TE REGARDER.

FAIS DE MOI TON AMANT.
IMA...
JE NE VOUS GÊNERAI PAS.
JE FERAI TOUT CE QUE TU VOUDRAS.
TU POURRAS ME DEMANDER N'IMPORTE QUOI !
IMAGA-SÉ...
QUI EST EN TRAIN DE DEMANDER N'IMPORTE QUOI, LÀ ?
J'ENTRETIENS UNE RELATION SÉRIEUSE AVEC TAMAKI ET J'ESSAIE DE PRENDRE SOIN D'ELLE.
JE NE PEUX PAS CONTINUER ÉTERNELLEMENT COMME AVANT ...
ET JE NE LA LAISSERAI JAMAIS SOUFFRIR D'UNE TELLE SITUATION.

D'AILLEURS, POURQUOI J'AURAIS BESOIN D'UN AMANT, MOI ?
SI TU NE VEUX PAS, ON N'EST PAS OBLIGÉ DE COUCHER ENSEMBLE.
JE VEUX JUSTE TE REVOIR…
ET QUEL SENS ÇA AURAIT ?
C'EST TOI QUI M'AS DIT QUE TU NE POUVAIS PAS ÊTRE AVEC MOI.
RIEN N'A CHANGÉ DEPUIS.
C'EST MÊME PIRE.
IMAGASÉ.
JE NE SUIS PAS ATTIRÉ PAR LES HOMMES.
TOUT COMME TOI TU N'ES PAS INTÉRESSÉ PAR LES FEMMES.
JE N'AI PAS LA CAPACITÉ D'AIMER UNE PERSONNE DU MÊME SEXE QUE MOI.

ALORS MÊME SI MOI, JE POUVAIS TE FAIRE TOUT CE QUE TU DÉSIRES ...
QUE JE TE DISAIS TOUT CE QUE TU VOUDRAIS ENTENDRE ...
EN SERAIS-TU SATISFAIT ? POURRAIS-TU ÊTRE SEREIN ?
NON, TU VAS CONTINUER À ME SOUPÇONNER.
"TU TE MONTRES GENTIL POUR ME REMERCIER."
"CE N'EST QU'UN SEMBLANT DE RELATION."
JE NE PEUX RIEN DE PLUS POUR TOI.
C'EST BIEN POUR ÇA QUE TU M'AS ABANDONNÉ, NON ?
ÇA...
C'ÉTAIT PARCE QU'EXALTÉ, J'AI OSÉ CRITIQUER MON BONHEUR ...
J'AI ÉTÉ IDIOT.
TU AS ÉTÉ SI BON AVEC MOI, MAIS JE N'AI PAS SU RESTER À MA PLACE ...
"RESTER À SA PLACE" ...
CE N'EST PAS UN MOT QU'ON UTILISE QUAND ON EST HEUREUX.

C'EST MOI QUI DÉCIDE DE MON BONHEUR !!
TU N'AS PAS À T'EN PRÉOCCUPER !!
ET TU VOU-DRAIS ...
QUE JE RESTE LÀ À TE REGARDER ÊTRE MALHEUREUX.
TU ES ÉGOÏSTE.
CALME-TOI UN PEU.
CE SONT TES ÉMOTIONS QUI PARLENT POUR TOI.
SI C'EST ÇA, L'AMOUR ...
ÇA N'A VRAIMENT AUCUN INTÉRÊT.

N...
TU PEUX JOUER LES INNOCENTS, JE NE ME LAISSERAI PLUS AVOIR.
JE SAIS TRÈS BIEN...
QUE SI J'AVAIS ÉTÉ UNE FEMME, TU NE M'AURAIS MÊME PAS REMARQUÉ !
N'EST-CE PAS ?
TU AS TROUVÉ UN HOMME À TON GOÛT ET TU T'ACHARNES À LE POURSUIVRE SANS RELÂCHE, À FAIRE UNE PAUSE ET À LE POURSUIVRE ENCORE.
TU T'AMUSES BIEN, HEIN ?
ALORS QUE MOI...
...
TU ES GAY, TU NE POURRAS JAMAIS COMPRENDRE CE QUE J'ÉPROUVAIS.
NON, JAMAIS.

J'EN AI PLUS QU'ASSEZ !
AH... J'ENVIE CEUX QUI ARRIVENT À EXTÉRIORISER LEURS ÉMOTIONS.
MOI, QUAND JE SUIS VRAIMENT TRISTE...
MON CŒUR SE FERME COMPLÈTEMENT, JE NE SENS PLUS RIEN.
ET...
C'EST UNE FOIS QUE TOUT EST PASSÉ...
QUE CELA CASSE D'UN COUP...
ENFIN... TOUT ÇA N'A PLUS AUCUN INTÉRÊT...
TAC

SPLASH!

PLOC
PLOC
PLOC
コト
TOC

TAC...
ガタ
...
MON "TU NE PEUX PAS ÊTRE AVEC MOI" T'A-T-IL BLESSÉ TANT QUE ÇA ?
J'AI TOUCHÉ TON POINT SENSIBLE, ALORS.
TU ES FIER ...
ET CE QUI COMPTE LE PLUS POUR TOI, C'EST D'ÊTRE ACCEPTÉ PAR LES AUTRES.
JE SUIS DÉSOLÉ DE T'AVOIR MALMENÉ.
JE M'EXCUSE.

QUI SE RÉJOUIRAIT D'ÊTRE REPOUSSÉ ?
SI TU ME DIS QUE TU NE PEUX PLUS, C'EST QUE C'EST FINI.
ALORS QUE JE N'AI PAS ARRÊTÉ DE TE RÉPÉTER QUE JE T'AIMAIS...
TU ME REJETTES À MA PREMIÈRE FAIBLESSE ?
FAIBLESSE OU PAS, TU LE PENSAIS.
ET ÇA S'EST AVÉRÉ VRAI.
MAIS NON...
JE NE LE RÉPÉ-TERAI PLUS.
TROP TARD.
SANS TOI, JE VAIS MOURIR...
AVEC OU SANS MOI, TU MOURRAS UN JOUR.

ALORS RESTE AVEC MOI.
IMPOSSIBLE.
JE ME MARIE.
PUISQUE JE TE DIS QUE JE VEUX BIEN ÊTRE TON AMANT.
INCONCEVABLE.
PFF
"INCONCEVABLE..."
PAS LA PEINE DE TE LA JOUER DEVANT MOI.
COMMENT OSES-TU DIRE ÇA AVEC TON PASSIF ?
J'AI BIEN COMPRIS QUE TU ÉTAIS COMPLÈTEMENT GAGA DE LA PETITE TAMAKI.
ELLE EST CHARMANTE, ELLE A LA TÊTE SUR LES ÉPAULES ET ELLE EST PLUTÔT ENTREPRENANTE.
C'EST PILE CELLE QU'IL TE FALLAIT. JE COMPRENDS.

MAIS UN AMOUR IMMUABLE ET ÉTERNEL N'EXISTE PAS.
TE CONNAISSANT, TU VAS VITE RETOMBER DANS LA SPIRALE INFERNALE DES TROMPERIES EN TOUT GENRE.
TU SUCCOMBERAS À LA PREMIÈRE FILLE FACILE ET ELLE TE POUSSERA DANS UN COURANT SUFFISAMMENT PUISSANT POUR QUE TU NE PUISSES PLUS FAIRE MACHINE ARRIÈRE.
TU SERAIS MIEUX AVEC MOI.
TU T'EN SORTIRAIS MIEUX QU'AVEC N'IMPORTE QUELLE FILLE.
C'EST TELLEMENT FACILE DE ME GARDER.
JE NE TE COÛTE RIEN, TU NE RISQUES RIEN, JE NE TOMBE PAS ENCEINTE, JE PEUX FAIRE PLEIN DE TRUCS QU'UNE FEMME NE POURRAIT PAS.
JE SUIS SÛR QUE JE SERAI UN TRÈS BON AMANT.
ÇA NE M'INTÉRESSE PAS.

ÇA NE T'INTÉRESSE ...
PAS.
ÉVIDEMMENT.
JE NE PRÉSENTE AUCUN INTÉRÊT ...
À TES YEUX.

TU AURAIS DÛ ME LE DIRE ...
DÈS LE DÉPART ...
DÈS NOTRE PREMIÈRE RENCONTRE.
IL EST TROP TARD.
JE NE PEUX PLUS FAIRE MARCHE ARRIÈRE.

C'EST TOI QUI M'Y AS INVITÉ.
TOUT EST DE TA FAUTE.
À CAUSE DE TOI, J'AI PERDU TOUT LE RESTE.
TOUS LES CHEMINS QUI S'OFFRAIENT À MOI ONT DISPARU, UNIQUEMENT PAR TA FAUTE !
MAIS MOI, JE N'AI RIEN D'AUTRE !
NON, RIEN !
À PART TOI, RIEN NE SERA JAMAIS ASSEZ FORT POUR M'EMPORTER !!
POUR TOI, TOUT VA BIEN.
LE MONDE EST REMPLI DE COURANTS CAPABLES DE T'EMPORTER DE NOUVEAU.
MAIS SI !

JE T'EN PRIE, SOIS HEUREUX.
QUAND TU AURAS PASSÉ LE CAP ...
TU TROUVERAS D'AUTRES CHEMINS QUE TU POURRAS EMPRUNTER AVEC LE SOURIRE.
JE M'EN FICHE...
DE TOUT ÇA !!
DE TOUTES CES CHOSES-LÀ !!

JE T'AIME ...
JUSTE ...
JE T'AIME ...
À EN MOURIR !

JE LE SAIS.

CLAC

JE M'EN VAIS.
J'AI EU CE QUE JE VOULAIS.
TU ES DEVENU UN MEC BIEN, SENPAI.
LE PROFESSIONNEL DU LAISSER-ALLER EST DEVENU GRAND. ME VOILÀ RASSURÉ.
C'EST PEUT-ÊTRE GRÂCE À MON ÉDUCATION ?
OU ALORS GRÂCE À L'AMOUR DE TAMAKI ?
PFF, UNE TABLE ET DES CHAISES DANS UN SI PETIT ESPACE ...
TU T'ES DIT QUE ÇA NE SE FAISAIT PAS DE LAISSER UNE FILLE S'ASSEOIR PAR TERRE ?
CET APPART EST DEVENU BIEN FÉMININ ...
SOIS HEUREUX AVEC ELLE.
AAH ! ET NE M'INVITE SURTOUT PAS À TON MARIAGE.
J'AI TROP D'AMIS QUI SE MARIENT CETTE ANNÉE, JE SUIS FAUCHÉ À FORCE.
ALORS QUE MOI, JE NE RISQUE PAS D'AVOIR DE CADEAU DE CE GENRE !
LE MONDE EST INJUSTE ENVERS LES GAYS.

BON, SENPAI ...
PORTE-TOI BIEN.
TU NE VOUDRAIS PAS ME FAIRE UN DERNIER CÂLIN ?
JUSTE CINQ SECONDES.
CE SERA VRAIMENT ...
LA DERNIÈRE CHOSE QUE JE TE DEMANDERAI.

TU ME TESTAIS POUR SAVOIR JUSQU'OÙ JE POURRAIS TE SUPPLIER !
J'AI BIEN COMPRIS, TU SAIS !
JE SAIS QUE JE NE PEUX PAS REVENIR VERS TOI ...
SI JE N'Y SUIS PAS RÉSOLU POUR DE BON !

QU'EST-CE QUE TU VEUX DE PLUS ?
MES CARTOUCHES SONT VIDES.
J'AI ÉPUISÉ TOUS MES PLANS.
FAIS QUELQUE CHOSE ...
SENPAI !
TU AS FINI ?

J'IMAGINAIS MIEUX DE TA PART.
DEVENIR MON AMANT, UNE ÉTREINTE DE CINQ SECONDES ...
FAIS-MOI L'AMOUR !!
NE PENSE À RIEN ET DÉSIRE-MOI !!
OUBLIE TA COPINE QUI EST À L'HÔPITAL ...
ET FAIS L'AMOUR AVEC MOI !!

J'EN AI MARRE DE TOI, JE VAIS ME CASSER ...
PRENDS-MOI DE FORCE ET RETIENS-MOI JUSQU'AU MATIN !!
TU NE VAUX RIEN ...
JE PERDS MON TEMPS À TE PARLER !!
JE NE VEUX MÊME PLUS TE REVOIR !!!

JE VAIS OUBLIER TOUT CE QUI TE CONCERNE ET RECOMMENCER UNE VIE MEILLEURE !!
J'EFFACE TOUT !!
ABSO-LUMENT TOUT !!
CLAC
ADIEU !!
PORTE-TOI BIEN !!

LÂCHE-MOI, NE ME TOUCHE PAS !!
BAM
CLAM
DOM

HM...
!
VLOF
HM !

GRAP
BOM
NON ...
VLAF
CLAC
VROUSH
!
ARR...
FLAP

CLAC
ARRÊTE !!
NON...
PAS SUR CE LIT IMPRÉGNÉ DE L'ODEUR DE CETTE FILLE !
TU ÉTAIS À MOI !!
TU ÉTAIS À MOI !!
TU SAVAIS CE QUE TU FAISAIS, EN ME QUITTANT !
ÇA NE POURRAIT PAS ÊTRE PIRE.

ET JE VAIS TE LE FAIRE COMPRENDRE !!
MAIS QUOI QU'ON EN DISE...
J'APPRÉCIE DE ME RETROUVER LIBRE DE TEMPS EN TEMPS...
ET JE TROUVE ADORABLE CET IDIOT QUI REVIENT VERS MOI À CHAQUE FOIS.
J'AI ENVIE DE LE CONTEMPLER M'IMPLORANT À MES PIEDS.
IL NE PEUT PAS Y AVOIR PIRE COMME PARTENAIRE.
JE NE VEUX PAS LE LAISSER PARTIR.

PARCE QUE TU ARRIVES À SATISFAIRE TES PULSIONS SADIQUES ET TON ORGUEIL.
EN FIN DE COMPTE, TU ES JUSTE ÉGOCEN-TRIQUE !!
JE NE VOIS PAS CE QU'IL Y A D'AUTRE QUE MOI AU CENTRE DE MON MONDE !
C'EST BEAUCOUP MIEUX QUE DE N'AVOIR AUCUN BUT, NON ?!
TAISEZ-VOUS !
TAISEZ-VOUS TOUS !
SI JE LE POUVAIS, JE CONTINUERAIS AINSI TOUTE MA VIE.

AAH...
JE CROIS QUE ÇA ME CONVIENT BIEN.
UN FLOT DE DÉSIR.
JE NE SUIS PLUS QU'UN FLOT DE DÉSIR.

ZZZ
...
ELLE SE FAIT DES COUETTES POUR CUISINER.
NAVRANT ...
PAF
PAF
FRRSHH
BRRR
MMH ... J'AI FROID ...
...
HM !

BLOTCH
AH !
AH...
EH...
ATT...
ATTENDS !
NE VA PAS TOUT DE SUITE ICI !
JE NE PEUX PAS CHANGER DE CHAÎNE COMME ÇA !
QUOI ?
TU FONCTIONNES PAR CHAÎNE ?
UNE FORME DE TÉLÉ PASSIVE ?
JE VOIS.
C'EST COMME ÇA QUE TU ARRIVES À T'ADAPTER À N'IMPORTE QUI ET À N'IMPORTE QUELLE SITUATION ...
QUELLE ADRESSE, MONSIEUR LE PROFES-SIONNEL DU LAISSER-ALLER ...
AH !
HM !
ZWIF
TU CROYAIS QUE J'ALLAIS RONRONNER GENTIMENT APRÈS M'ÊTRE FAIT DOMINER COMME UNE FEMME ?
EN TANT QUE MÂLE, JE NE SUPPORTE PAS...
QUE QUELQU'UN D'AUTRE MARQUE MON TERRITOIRE !!
TU AS RÉUSSI À CHANGER DE CHAÎNE ?
UH ...
OUCH ...
ENFIN, MÊME SI LA RÉPONSE EST NON ...
ÇA NE M'EMPÊCHERA PAS DE TE LA METTRE.
!!
AH...

CRISH
CRR
AH !
AH !
AH !
!
CRR
CRR
CRR
AH...
CRISH
!
AH !!
AH !
!
HM...
...

AH ...
AH ...
AH ...
...
CRISH
OUIL-LE !
MER-DE !
JE M'ATTEN-DAIS À PLUS DE RÉSIS-TANCE ...
TON CRI ÉTAIT TELLEMENT NATUREL QUE, PRIS PAR SURPRISE, J'AI JOUI SUPER VITE !
AAH, ZUT ! JE SUIS FRUSTRÉ MAINTE-NANT !
POF
TU AS BIEN CHANGÉ, HEIN ?
C'EST GRÂCE À TAMAKI ?
WOUF
MAF
PASSER D'ACTIF À PASSIF, C'EST HUMILIANT, N'EST-CE PAS ?
ELLE EST COMME ÇA, AU LIT ?
TROP MIGNONNE.
DIS ?
ARRÊTE, ÇA NE SE DEMANDE PAS !
TU MANGES ...
SES PETITS PLATS ...
TOUT ÇA EST RENTRÉ DANS TON CORPS ET FAIT MAINTENANT PARTIE DE TA CHAIR, DE TON SANG.
JE NE PEUX PLUS RIEN Y FAIRE ...
JE LE SAVAIS, MAIS ÇA M'ÉNERVE QUAND MÊME.

MOI NON PLUS, JE NE FERAIS JAMAIS À MANGER À UN AUTRE MEC …
JE LE FAISAIS PARCE QUE C'ÉTAIT TOI.
TOI, TU TE GOINFRAIS SANS RIEN REMARQUER …
MAIS C'ÉTAIT QUELQUE CHOSE DE SPÉCIAL.
SI TU NE LE VOULAIS PAS, T'AVAIS QU'À PAS TE CASSER.
TU AS CREUSÉ TA PROPRE TOMBE !
TOUT ÇA EST ARRIVÉ PARCE QUE TU AS DIT QUE TU NE POUVAIS PLUS ÊTRE AVEC MOI !
…
MAIS ON A PRESQUE TOUJOURS MANGÉ AU RESTO.
LA FERME. JE NE T'AIME PLUS.
UNE FOIS QU'ON A JOUI, C'EST INCROYABLE COMME LA FIÈVRE RETOMBE.
ON A L'IMPRESSION DE SE FATIGUER POUR DES TRUCS INUTILES.
JE ME DIS À CHAQUE FOIS QU'ON POURRAIT SE QUITTER EN PROFITANT DE CE MOMENT.

MAIS JUSTE APRÈS, JE ME PRENDS UN GRAND RETOUR DE FLAMME.
J'AI ENVIE DE RESTER COMME ÇA POUR TOUJOURS.
JE NE VEUX TE LAISSER À PERSONNE, NE PLUS JAMAIS TE QUITTER …
ET JE ME RETROUVE PIÉGÉ ENCORE PLUS PROFONDÉMENT…
JE N'AURAIS JAMAIS DÛ…
AVOIR DE RELATIONS SEXUELLES AVEC TOI.
TU OSES DIRE ÇA, TOI ?
TU FAIS TOUT TON CINÉMA, TU ME FAIS DEVENIR CE QUE JE SUIS …
ET C'EST ÇA, TA CONCLUSION ?
UTILISER UN CORPS QUE DIEU T'A OFFERT DE LA SORTE …
IL DOIT BIEN SE PRENDRE LA TÊTE, TIENS.
POUR L'INSTANT, C'EST MOI QUI ME PRENDS LA TÊTE !
TU CROIS ?
VU OÙ IL A PLACÉ LA PROSTATE, IL DEVAIT AVOIR UNE IDÉE DERRIÈRE LA TÊTE, NON ?
SMACK
HM …
…

DÈS LE DÉPART, TU NE TE SERAIS JAMAIS TOURNÉ VERS UN MEC SI C'ÉTAIT RESTÉ PLATONIQUE.
J'AURAIS EU BEAU TE PARLER D'AMOUR, TU M'AURAIS GRATIFIÉ D'UN "MERCI, C'EST GENTIL" ET C'EST TOUT.
POUR ATTRAPER UN HÉTÉRO COMME TOI, IL FALLAIT QUE JE TE COINCE PEU À PEU AVEC DES FAITS IRRÉFUTABLES.
LA PREUVE, TU ES TOMBÉ EN PLEIN DEDANS.
LA CHAIR PEUT ÊTRE PERSUASIVE À SA FAÇON.
TU VEUX JOUER À L'AMOUREUX PUR ET INNOCENT...
MAIS FINALEMENT, C'EST TOUJOURS MON CORPS QUE TU DÉSIRES. ON FAIT L'AMOUR ET ON SE RÉCONCILIE, ET À CHAQUE FOIS, ON RESTE SUR DES SOLUTIONS TEMPORAIRES.
SEULEMENT, QUAND LE MATIN ARRIVE, TU CHANGES DE CHAÎNE POUR VOIR TAMAKI TV.
コロ
VLIP
HEIN ?
C'EST QUOI, CE BOUQUET MULTICHAÎNES ! QU'EST-CE QUE TU RACONTES ?
LA VIE DE RÊVE ?
MOI, J'AI TOUJOURS ESSAYÉ DE M'ARRANGER DE MON MIEUX AVEC MA CONSCIENCE POUR RESTER AVEC TOI.
AAH...
LES MECS NE VOIENT VRAIMENT PAS PLUS LOIN QUE LE BOUT DE LEUR NEZ.
À CAUSE DE TES SOLUTIONS EXPÉDITIVES, MON CORPS ET MON CŒUR ONT ÉTÉ VRAIMENT MALMENÉS...
ÇA VA ! JE PENSAIS QU'À FORCE DE LE RÉPÉTER, ÇA NOUS MÈNERAIT QUELQUE PART !!
QUE CE SERAIT MIEUX DE S'EN SORTIR TEMPORAIREMENT QUE PAS DU TOUT !!
JE ME DÉGOÛTE MOI-MÊME.

QUOI !! FINALEMENT, QUE CE SOIT TOI OU MOI, ON NE FAIT QU'ESSAYER DE TROUVER DES ISSUES TEMPORAIRES !!
UNE HISTOIRE ENTRE MECS, C'EST IMPOSSIBLE QUE ÇA MARCHE !!
ABSOLUMENT !! DE TOUTE MANIÈRE, ÇA NE PEUT PAS FONCTIONNER, ON EST DES MECS TOUS LES DEUX !!
...
...
TU ME TROUVES LOURD ?
MOUAIS ...
TOUS LES GAYS SONT AUSSI GAVANTS QUE TOI ?
TU ES INTÉRESSÉ PAR D'AUTRES MECS ?
ET VOILÀ, LE GROS LOURD.

...
JE ME SUIS BIEN BATTU, HEIN ?
JE NE TIENS PAS SPÉCIALEMENT À ÊTRE MEURTRI ...
JE SERAIS TRANQUILLE SI JE RESTAIS SEUL ...
CE N'EST PAS DONNÉ À TOUT LE MONDE D'EN ARRIVER LÀ.
MAIS JE SUIS FATIGUÉ.
LA VIE ...
EST PLUS LONGUE QUE JE NE LE CROYAIS.
J'EN AI MARRE !

QU'EST-CE QUE JE VAIS-BIEN POUVOIR FAIRE APRÈS ÇA ?

TU ES ...
TELLEMENT ADORABLE ...
TU SAIS "QU'ADORABLE" ...
SIGNIFIE "DIGNE D'ÊTRE AIMÉ" ?
ÉVIDEMMENT QUE JE LE SAIS.

JE NE DÉTESTE PAS MON BOULOT ...
MAIS IL Y A PARFOIS DES MOMENTS OÙ JE NE PEUX PAS M'EMPÊCHER DE LE TROUVER DÉSAGRÉABLE.
LES JOURS OÙ JE PASSE MON TEMPS À FOUILLER DANS LES ORDURES ...
ET LES JOURS OÙ JE ME RETROUVE NEZ À NEZ AVEC LE CADAVRE DE CELUI QUE JE CHERCHAIS, JE SUIS BON POUR UNE DÉPRIME CORSÉE.
JE SUIS GAY ...
ET LES GAYS N'ONT QU'À RESTER ENTRE EUX.
JE LE PENSE VRAIMENT ET C'EST CE QUE J'AI TOUJOURS AFFIRMÉ AUX AUTRES.
MAIS DANS CES JOURS DÉPRIMANTS ...
J'AIMERAIS RENTRER CHEZ MOI POUR T'Y RETROUVER.
SI J'AVAIS UNE TELLE VIE, JE POURRAIS TOUT SUPPORTER ...
JE SUIS SI PATHÉTIQUE ...

SENPAI ...
JE T'EN PRIE ...
QUITTE-LA ...

OUI, JE LA QUITTERAI.
AH ! ...
QUAND ?
DEMAIN.
C'EST DÉJÀ AUJOURD'HUI.
...
TU PLAISANTES ?
"ET SI TU POUVAIS REVOIR CETTE PERSONNE, QUE FERAIS-TU ?"
"JE NE VEUX PAS LA REVOIR."
"PARCE QUE TU SERAIS TENTÉ ?"
CE N'EST PAS ÇA.
JE LE SAVAIS...
J'EN AVAIS LA CERTITUDE...

QUE SI JE LE REVOYAIS, JE LUI SUCCOMBERAIS POUR DE BON.
ALORS QUE TOUT LE MONDE RISQUAIT D'EN ÊTRE MALHEUREUX...
IMAGASÉ COMPRIS.

ALORS QUE J'ALLAIS PERDRE ...
TOUT CE QUE J'AVAIS PRÉCIEUSEMENT CONSTRUIT DEPUIS NOTRE RUPTURE.

CE MANTEAU GRIS SOMBRE… TE VA BIEN.
AH ?
C'EST ELLE QUI L'A CHOISI ?
C'EST UN MANQUE DE DÉLICATESSE QUE D'ALLER LA QUITTER AVEC ?
NON. JE PENSE QU'IL EST ADÉQUAT SI TU VEUX VRAIMENT LA LARGUER.
DIS… TU VEUX VRAIMENT LA QUITTER ?
POURQUOI ? PARCE QUE JE SUIS REVENU TE DIRE DE LE FAIRE ?
HUM… EN EFFET, C'EST ÇA.
MAIS T'ES COMPLÈTEMENT STUPIDE OU QUOI ?
PUISQUE JE TE DIS QUE JE VEUX BIEN RESTER TON AMANT !
JE T'AI DIT QUE JE N'EN VOULAIS PAS !
C'EST PLUTÔT TOI QUI DEVRAIS TE DÉCIDER. TU VEUX QUE JE LA QUITTE, OUI OU NON ?
ÇA NE TE RESSEMBLE PAS… DE METTRE LES CHOSES AU CLAIR, QUITTE À BLESSER QUELQU'UN.
TU N'ÉTAIS PAS COMME ÇA AVANT.

IL Y A MOYEN DE SE DÉBROUILLER.
ELLE N'EST PAS DU GENRE À DEVINER CE QUE JE SUIS POUR TOI.
CE SERAIT HORRIBLE D'ABANDONNER CETTE PAUVRE FILLE APRÈS CE QUI S'EST PASSÉ HIER, HEIN ?
ALORS IL FAUDRAIT ATTENDRE QU'ELLE AILLE MIEUX ...
POUR LUI ANNONCER UN JOUR : "AU FAIT, JE TE QUITTE" ?
OU BIEN VAIS-JE L'ÉPOUSER TOUT EN CONTINUANT À TE VOIR ?
CE SERAIT TOUT AUSSI HORRIBLE.
DE TOUTE FAÇON, JE PASSE POUR UN MEC ABJECT.
ALORS IL VAUT MIEUX S'EN ACQUITTER AU PLUS TÔT.
MAIS ...
QU'EST-CE QUE TU VEUX ?
MAINTENANT QUE JE VAIS LA QUITTER ...
TU TE SENS COUPABLE ?
MAIS ...
JE NE POURRAI JAMAIS ENDOSSER CETTE RESPONSABILITÉ !
QUI TE L'A DEMANDÉ ?

RETROUVE TA LUCIDITÉ.
ÇA T'A TANT EMBALLÉ QUE ÇA DE RECOUCHER AVEC UN MEC APRÈS TOUT CE TEMPS ?
BON, J'ADMETS QU'HIER SOIR, JE ME SUIS LAISSÉ EMPORTER AUSSI.
JE FONDS LITTÉRALEMENT QUAND ON ME TRAITE AUSSI SADIQUEMENT QUE TU L'AS FAIT.
OU ALORS TU PRÉFÈRES TE FAIRE PÉNÉTRER ?
SI C'EST ÇA, JE SUIS À TOI QUAND TU VEUX !
ALORS RÉFLÉCHIS BIEN À CE QUE TU VEUX FAIRE DE TA VIE.
TU ENVISAGEAIS TON AVENIR AVEC ELLE, N'EST-CE PAS ?
LA QUITTER ...
IL NE FAUT PAS QUE TU PRENNES AU SÉRIEUX TOUT CE QUE JE DIS AU LIT SOUS LE COUP DE L'ÉMOTION.
C'EST MOI QUI SUIS DANS L'EMBARRAS APRÈS.

IMAGASE ...
RÉPONDS-MOI SÉRIEUSE-MENT.
QU'EST-CE QUE TU ATTENDS DE MOI ?
UN AVENIR SEREIN OÙ TU VIVRAS EN TOUTE TRANQUILLITÉ ?
OU BIEN ...
UN PLAISIR IMMÉDIAT MAIS ÉPHÉMÈRE ?

LES DEUX.
JE PEUX ...
RENONCER AUX DEUX.
JE VEUX ...
SEULEMENT RESTER LIÉ À TOI.
J'AIMERAIS POUVOIR ME DIRE QUE TU ES À MOI.
JE N'AI PAS BESOIN DE 100 %.
JE VEUX JUSTE QUE CE NE SOIT PAS 0 %.
C'EST TOUT.

JE NE FAIS QUE RONGER TON "PRÉSENT"...
JE NE SUIS PAS CAPABLE DE TE RENDRE HEUREUX !
C'EST MOI QUI DÉCIDE DE MON BONHEUR.
ON EST TOUS LES DEUX PLUS ÉGOÏSTES L'UN QUE L'AUTRE...
J'Y VAIS.
ATTENDS-MOI SAGEMENT ICI.

C'EST VRAI QU'ILS ONT ANNONCÉ DE LA NEIGE !
CLIC
IMAGASÉ, UN PARAPLUIE !
!!
TU M'AS FAIT PEUR ! ÇA NE VA PAS OU QUOI ?
TU ES PARTI SANS MÊME UN BISOU, ALORS ...
"TROP TARD..."
"C'EST LA FIN" ...
A DIT LE DIEU QUI EST DANS MA TÊTE.
...
TON DIEU, LÀ, IL EST PESSIMISTE ET HYSTÉRIQUE, NON ?
NE CROIS PAS CE QU'IL RACONTE.
JE NE SAIS PAS POUR TOI ...
MAIS, POUR MA PART, VU OÙ ON EN EST, JE NE PEUX PLUS TE QUITTER SI FACILEMENT.
ENFIN ...
JE NE SUIS PAS TRÈS CRÉDIBLE, HEIN ?
JE ME FAIS BATTRE PAR CE DIEU À LA NOIX ! ZUT !
...
AAH...

REVIGORÉ.
SI TU M'INSULTES ET QUE TU ME MALTRAITES COMME HIER, JE TE SUIVRAI TOUTE LA VIE !
ÉVITE DE ME LE DEMANDER TROP SOUVENT.
JE NE SAIS PAS ENCORE JUSQU'OÙ J'AI LE DROIT D'ALLER. MASOCHISTE ! PERVERS !
CE N'EST PAS FACILE DE T'INJURIER !
IL A L'AIR CONTENT.
SENPAI...
TU N'AS ENCORE JAMAIS LARGUÉ UNE FILLE PAR TOI-MÊME, HEIN ?
NE T'ASSOIS SURTOUT PAS.
SI ELLE RÉSISTE, TU NE SERAS PAS CAPABLE DE LA LAISSER TOMBER.
RESTE DEBOUT, SOIS BREF...
ET FINIS-EN EN MOINS DE CINQ MINUTES.
TU TE MONTRES ABJECT, TU JOUES LE MEC HORRIBLE.
SI TU PENSES À SON BIEN, ÉVITE D'ÊTRE GENTIL AVEC ELLE. IL FAUT QUE TU LUI FASSES PASSER TOUTE ENVIE DE REVOIR UN SALAUD COMME TOI.
J'AI OUBLIÉ POURQUOI J'ÉTAIS REVENU.
BON, J'Y VAIS, ALORS !
CE N'ÉTAIT PAS POUR M'EMBRASSER ?
SMACK
C'EST TA FAÇON DE FAIRE, ÇA !
SACHANT QUE JE LA REVERRAI AU TRAVAIL, JE NE PEUX PAS AGIR DE LA SORTE...
...
PEUT-ÊTRE...

RESTE ENCORE UN PEU ...
JUSTE DEUX OU TROIS MINUTES ...
MES MAUX D'ESTOMAC SONT EN TRAIN DE ME TUER !!
...
PAREIL POUR MOI.
IMAGASÉ...
ÉTAIT-IL AUSSI LAMENTABLE ?
C'EST PITOYABLE.

EST-CE DE MA FAUTE S'IL EST DANS CET ÉTAT ?
JE CROYAIS POURTANT FAIRE DE MON MIEUX POUR PRENDRE SOIN DE LUI...
BROUB
BROUB
SUITE À UN INCIDENT DE CATÉNAIRE, LE TRAFIC EST ACTUELLEMENT ARRÊTÉ.
DES NAVETTES DE REMPLACEMENT SONT...
...
atré 1
目黒駅(東口)
ON DIRAIT QUE QUELQU'UN ESSAIE DE ME FAIRE REVENIR SUR MA DÉCISION.
BAM
À L'HÔPITAL GÉNÉRAL SHINAGAWA-EST.
LE PLUS RAPIDEMENT POSSIBLE, S'IL VOUS PLAÎT.
LE TRAFIC EST ASSEZ DENSE, CE MATIN.
JE VAIS ESSAYER DE PASSER PAR LES PETITES RUES.
"QU'EST-CE QUE TU ATTENDS DE MOI ?"
"UN AVENIR SEREIN OÙ TU VIVRAS EN TOUTE TRANQUILLITÉ ?"
"OU BIEN..."
"UN PLAISIR IMMÉDIAT MAIS ÉPHÉMÈRE ?"

S'IL AVAIT CHOISI L'UN DES DEUX...
J'ÉTAIS PRÊT À ROMPRE DÉFINITIVEMENT.
JE NE PEUX LUI DONNER NI L'UN NI L'AUTRE.
AVEC MOI, IL NE SERA JAMAIS TRANQUILLE...
ET JE NE PEUX PAS ABANDONNER TAMAKI POUR UN PLAISIR ÉPHÉMÈRE.
MAIS UN LIEN DURABLE...
ÇA, JE PEUX SANS DOUTE LUI OFFRIR.
ET C'EST AUSSI CE QUE JE VEUX DE LUI.

DEUX LOOSERS ENSEMBLE, ÇA NE MÈNERA À RIEN !
QU'EST-CE QUE TU PEUX ÊTRE POUR LUI ? TU VOIS BIEN QU'IL SE CHERCHE JUSTE UN COUP !!
MÊME CHEZ LES HÉTÉROS, CE GENRE DE RELATION NE DURE PAS.
À TON ÂGE, CE N'EST PAS CELUI QUE TU DEVRAIS CHOISIR !!
SI UN JOUR, IL EN A MARRE DE TOI ET QUE TOUT SE TERMINE SEREINEMENT, TANT MIEUX.
LE PROBLÈME, C'EST QU'IL FAUT TE PRÉPARER POUR CE JOUR À VENIR.
AS-TU VRAIMENT BESOIN DE QUITTER TAMAKI ?
IMAGASÉ TE DIT LUI-MÊME QU'IL PEUT RESTER EN RETRAIT. TU PEUX TE DÉBROUILLER POUR BIEN GÉRER L'AFFAIRE.
NON, N'HÉSITE PAS.
NE RÉFLÉCHIS PAS.
JE QUITTE TAMAKI.
C'EST COMME LE BOULOT. JE SAIS CE QUE JE DOIS FAIRE.
PENSE À TON AVENIR ! COMMENT TU VAS EXPLIQUER ÇA À TES PARENTS ?!
TU CROIS POUVOIR PROTÉGER IMAGASÉ SANS LE BLESSER ?!
ET PUIS VOUS ALLEZ VIEILLIR ...
POUR LES ASSURANCES, C'EST SON NOM QUE TU VAS INSCRIRE SUR LES PAPIERS ?!
TU CROIS QUE ÇA VA DURER ?
CET INSTABLE CHRONIQUE VA ENCORE PRENDRE LA MOUCHE POUR RIEN ET SE BARRER.
DISPUTE-SEXE-RÉCONCILIATION À CHAQUE FOIS ? ÇA VA PAS ?
REDESCENDS SUR TERRE.
TU NE DOIS PAS LAISSER PARTIR TAMAKI.

NON, J'ABANDONNE.
J'ABANDONNE TOUT ÇA.
JE NE PEUX PAS LAISSER PARTIR IMAGASE. C'EST IMPOSSIBLE.
MAIS POURQUOI ?

JE CROYAIS QU'ON TOMBAIT AMOUREUX POUR ÊTRE HEUREUX.
UNE BELLE CHIMÈRE DE GAMIN, TIENS !
EST-CE DE L'AMOUR ? VRAIMENT ?
CETTE DOULEUR QUI ME BROIE AU PLUS PROFOND DE MON CORPS ?
CETTE SOUFFRANCE QUI EMPORTE TOUT DES PIEDS À LA TÊTE...
ET QUI M'EMPÊCHE DE RESSENTIR AUTRE CHOSE ?
ON N'EST PLUS TRÈS LOIN.
JE DESCENDS LÀ.
C'EST UNE MAUVAISE PLAISANTERIE.
SI C'EST ÇA, L'AMOUR...
JE VOUDRAIS NE PLUS JAMAIS REVIVRE CELA.
SI C'EST ÇA, L'AMOUR...

L'AMOUR EST UN FARDEAU.
KYOÏCHI ! TU ES VENU.

OUI.
EUH ...
QUEL DOMMAGE ! MA MÈRE VIENT JUSTE DE REPARTIR.
C'ÉTAIT UNE BONNE OCCASION, MAIS VOUS VOUS ÊTES LOUPÉS DE PEU.
À DEUX OU TROIS MINUTES PRÈS, C'ÉTAIT BON POURTANT.
!
KYOÏ-CHI ?
...
JE SUIS DÉSOLÉ ...
HEIN ?

J'AI DÉCIDÉ ...
DE TE QUITTER.
QU'EST-CE QUE TU RACONTES ?
PARDON.
TOUT EST DE MA FAUTE.
C'EST MOI LE SEUL ET UNIQUE FAUTIF.
MAIS JE DOIS ABSOLUMENT ...
KYOÏ-CHI.
ON NE TIENT PAS ...
CE GENRE DE CONVERSATION EN RESTANT DEBOUT.
ASSIEDS-TOI.

ASSIEDS-TOI...
ET PARLE-MOI EN FACE.
REGARDE-MOI ...
DANS LES YEUX.

PAROLES DE "DAREKA NO NEGAI GA KANAU KORO" OU QUAND LES VŒUX DE QUELQU'UN SE RÉALISERONT DE HIKARU UTADA.

...
C'EST IMPOSSIBLE ...
JE SUIS DÉSOLÉ ...
MON EX ...
EST REVENU.
QUAND ÇA ?
... HIER ...

ET DONC...
TU VAS RETOURNER AVEC ELLE.
...
TU VAS ...
TE MARIER AVEC ELLE ...
NON.
ÇA, ÇA NE RISQUE PAS.
AH BON ? ET POURQUOI ?
...
...
EUH ...
PARDON ...
JE NE T'AI RIEN DIT, MAIS EN FAIT ...
DÉSOLÉE.
JE SAIS TRÈS BIEN QU'IL Y A DES GENS QUI S'AIMENT MAIS QUI NE PEUVENT PAS SE MARIER, COMME MES PARENTS.
JE SUIS DÉSOLÉE. JE N'AI PAS RÉFLÉCHI À TA SITUATION.
JE N'AURAIS PAS DÛ TE DEMANDER ÇA...

...
NON.
MAIS …
CETTE PERSONNE EST REVENUE PARCE QU'ELLE T'AIMAIT VRAIMENT …
AU POINT DE NE PAS POUVOIR RESTER LOIN DE TOI.
C'EST CE QU'ELLE DIT…
MAIS …
JE DOUTE QU'ELLE COMPRENNE.
C'EST PEUT-ÊTRE JUSTE UNE OBSESSION …
JE ME DEMANDE SI ELLE RÉALISE OÙ ELLE EN EST ?
ELLE SE PREND LA TÊTE …
ET NE VEUT PAS REDESCENDRE SUR TERRE.
JE PENSE ÊTRE OBJECTIF …
ET J'ESSAIE DE TROUVER UNE SOLUTION À CETTE SITUATION DIFFICILE …
MAIS DANS SON CAS, LES ÉMOTIONS PRENNENT LE DESSUS.
ELLE N'EN A QUE FAIRE DE MES SENTIMENTS …
ELLE EST COMPLÈTEMENT AVEUGLÉE.

EN TOUTE FRANCHISE …
CE N'EST QU'UNE QUESTION DE TEMPS !
EN CE MOMENT MÊME …
EN RENTRANT CHEZ MOI, JE NE SUIS PAS SÛR DE LA RETROUVER.
KYOÏCHI …
TU VIS DONC UN AMOUR À SENS UNIQUE !

MAIS ...
DANS CE CAS ...
JE PEUX T'ATTENDRE ?
HEIN ?
TU M'AUTORISES À ATTENDRE QUE CE SOIT FINI ENTRE VOUS ?
TU ME TROUVES MESQUINE, C'EST ÇA ?
TU NE PEUX PAS L'ÉPOUSER ET ÇA PEUT FINIR D'UN MOMENT À L'AUTRE, NON ?
OUI, C'EST VRAI.
MAIS ...
JE NE PEUX PAS TE DEMANDER ÇA.

POURQUOI ?
EST-CE QUE TON EX EST REVENUE AU BON MOMENT ...
OU EST-CE QUE TU ENVISAGEAIS DE ME QUITTER AVANT ?
ABSOLUMENT PAS.
JE T'AIME VRAIMENT BEAUCOUP, TU ES LA PREMIÈRE AVEC QUI J'AI PU AVOIR CE GENRE DE RAPPORTS ET JE COMPTAIS BIEN CONTINUER JUSQU'À HIER.
MAIS ...
DANS CE CAS, J'ATTENDRAI.
NE T'EN FAIS PAS.
NE T'OCCUPE PAS DE MOI ...
ET VA AVEC CETTE PERSONNE JUSQU'À CE QUE TU EN AIES EU ASSEZ.
ÇA IRA POUR MOI.
J'AI L'HABITUDE D'ATTENDRE QUELQU'UN D'INACCESSIBLE.
C'ÉTAIT LE CAS DE MON PÈRE.

POURQUOI TU TE TAIS ?
TU AS DIT DÈS LE DÉPART ...
QUE TU ME QUITTAIS.
TON CHOIX EST FAIT.
ALORS POURQUOI CE SILENCE ?
TU CHERCHES QUELQUE CHOSE DE GENTIL À ME DIRE ?
SI TU VEUX ME QUITTER, IL Y A PLEIN DE FORMULES TOUTES PRÊTES.
"MA PASSION M'A QUITTÉE" ...
OU "JE NE T'AIME PLUS."
JE NE PEUX PAS TE DIRE CE GENRE DE CHOSES.

...
PARDON ...
...
POUR-TANT ...
TU ME QUITTES.
...
PARDON ...
J'AURAIS AIMÉ QU'IL Y AIT DEUX KYOÏCHI ...

SI JE POUVAIS ME SCINDER EN DEUX, SACHE QUE JE LE FERAIS...
ALORS FAIS-LE.
FENDS-TOI EN DEUX À PARTIR DE LA TÊTE...
ET DONNE-MOI LE CÔTÉ DROIT.
TU PRÉFÈRES LA DROITE ?
PARCE QUE TU ES DROITIER...
OU LA PARTIE GAUCHE, ÇA M'EST ÉGAL.

MA MÈRE M'A TOUJOURS DIT ...
QU'EN PRENANT CE QUI APPARTENAIT À AUTRUI, ON DEVAIT S'ATTENDRE À UN JUSTE RETOUR DES CHOSES ...
ALORS JE ME DOUTAIS ...
QUE CE JOUR FINIRAIT PAR ARRIVER.
TU N'AS RIEN FAIT DE MAL, TAMAKI. TU N'AS RIEN PRIS À PERSONNE.
À CE MOMENT-LÀ, JE N'APPARTENAIS À PERSONNE.

SI.
TU AS TOUJOURS APPARTENU À CETTE PERSONNE ...
ET JE LE SAVAIS.
MAIS JE T'AIME AUSSI DU FOND DU CŒUR.
JE SUIS DÉSOLÉ DE NE POUVOIR RIEN Y FAIRE.
PARDON ...

MOI, JE LE SAIS.
VOTRE AMI, C'EST M. IMAGASÉ, N'EST-CE PAS ?
J'AI DEVINÉ JUSTE ?
...
C'ÉTAIT VRAIMENT ÇA, ALORS ...

C'EST NUL.
SI VOUS ÊTES GAY, VOUS N'AVIEZ QU'À RESTER ENTRE MECS.
POURQUOI TAMAKI, QUI NE SAIT RIEN DE TOUT ÇA, DEVRAIT-ELLE ÊTRE MÊLÉE À VOS HISTOIRES ET EN SUBIR LES CONSÉ-QUENCES ?!
VOUS VOULIEZ UNE COPINE POUR FAIRE BONNE FIGURE ?!
ET VOUS AVEZ CHOISI UNE FILLE COMME TAMAKI !
VOUS ÊTES LE PIRE DES SALAUDS !!
...
SI J'AVAIS ÉTÉ GAY, ÇA N'AURAIT JAMAIS ...
...
NON.
C'EST BON.
TU PEUX DIRE CE QUE TU VEUX DE MOI.
NE SOUS-ESTIMEZ PAS LES FEMMES.
SI VOUS CROYEZ POUVOIR CONTINUER À MENER UNE VIE TRANQUILLE, C'EST UNE GRAVE ERREUR.
JE PEUX RACONTER N'IMPORTE QUOI À N'IMPORTE QUI.

FAIS COMME IL TE PLAIRA ...
SI ÇA PEUT VRAIMENT SOULAGER TAMAKI.
MAIS JE NE CROIS PAS QU'ELLE SOIT CE GENRE DE FEMME.
VLAF
JE VOULAIS RESTER QUELQU'UN DE BIEN.
SI JE NE POUVAIS PAS L'ÊTRE DANS MA TÊTE...
JE POUVAIS L'ÊTRE AU MOINS DEVANT LES GENS.

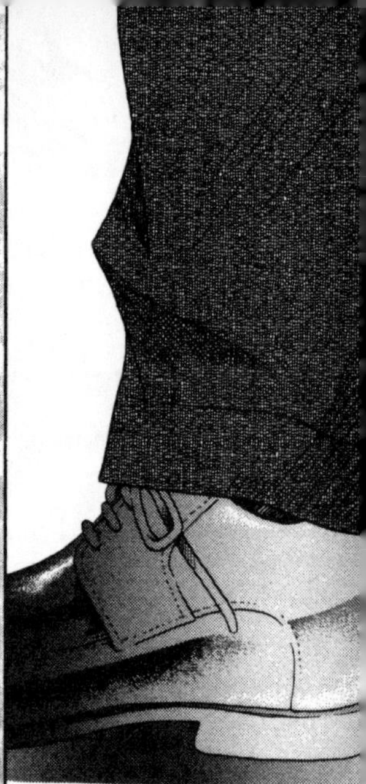

AAH.
JE SUIS ARRIVÉ SI LOIN.

JE N'AI PLUS NULLE PART…
OÙ RETOURNER.
MINA.
J'AI PRIS DES CRÈMES CARAMEL.
TU EN VEUX ?
OUI, MERCI.

TOUT À L'HEURE, JE SUIS PASSÉE AU SCANNER POUR LA PREMIÈRE FOIS DE MA VIE.
C'ÉTAIT DRÔLE.
ÇA M'A BIEN AMUSÉE.
AH ... OUI.
...
ET PUIS ...
MONSIEUR OTOMO M'A LARGUÉE ...
JUSTE LÀ.
POUR QUELQU'UN QU'IL NE PEUT OUBLIER.
C'EST SANS ESPOIR.
...
TAMAKI ? M. OTOMO EST ...
MAIS J'ÉTAIS HEUREU-SE.
IL A ÉTÉ GENTIL JUSQU'AU BOUT.
TU SAIS ...
LA NEIGE, C'EST TRÈS JOLI COMME ÇA ...
MAIS IL PARAÎT QU'ELLE ASPIRE TOUTES LES POUSSIÈRES ET LES SUBSTANCES POLLUANTES DE L'ATMOSPHÈRE ET QU'ELLE EST EN RÉALITÉ TRÈS SALE.

BIEN FAIT POUR LUI.
ÇA SOULAGE.
AH, JE L'AI DIT.
HA HA...
...
QU'EST-CE QU'IL Y A ?
KYOÏCHI...
N'AVAIT PAS DE PARAPLUIE.
NON.
RIEN D'IMPORTANT.
CE N'EST PLUS LA PEINE.
BON, AU FINAL...
LES PIRES CHOSES SONT ARRIVÉES BRUTALEMENT. C'ÉTAIT PEUT-ÊTRE MIEUX AINSI, NON ?
IL VAUT MIEUX SOUFFRIR UNE BONNE FOIS POUR TOUTES PLUTÔT QUE PAR PETITES VAGUES.
OUI, C'EST CE QUE JE ME DISAIS.
NE T'EN FAIS PAS.
JE SUIS AVEC TOI.
OUI.
MERCI.
ET PUIS JE SUIS JEUNE, JE CICATRISE VITE.
TOUT À FAIT !

ELLE EST BONNE ...
TA CRÈME CARAMEL !
IMAGASE !
TU N'ES PAS LÀ ?
CRTSH

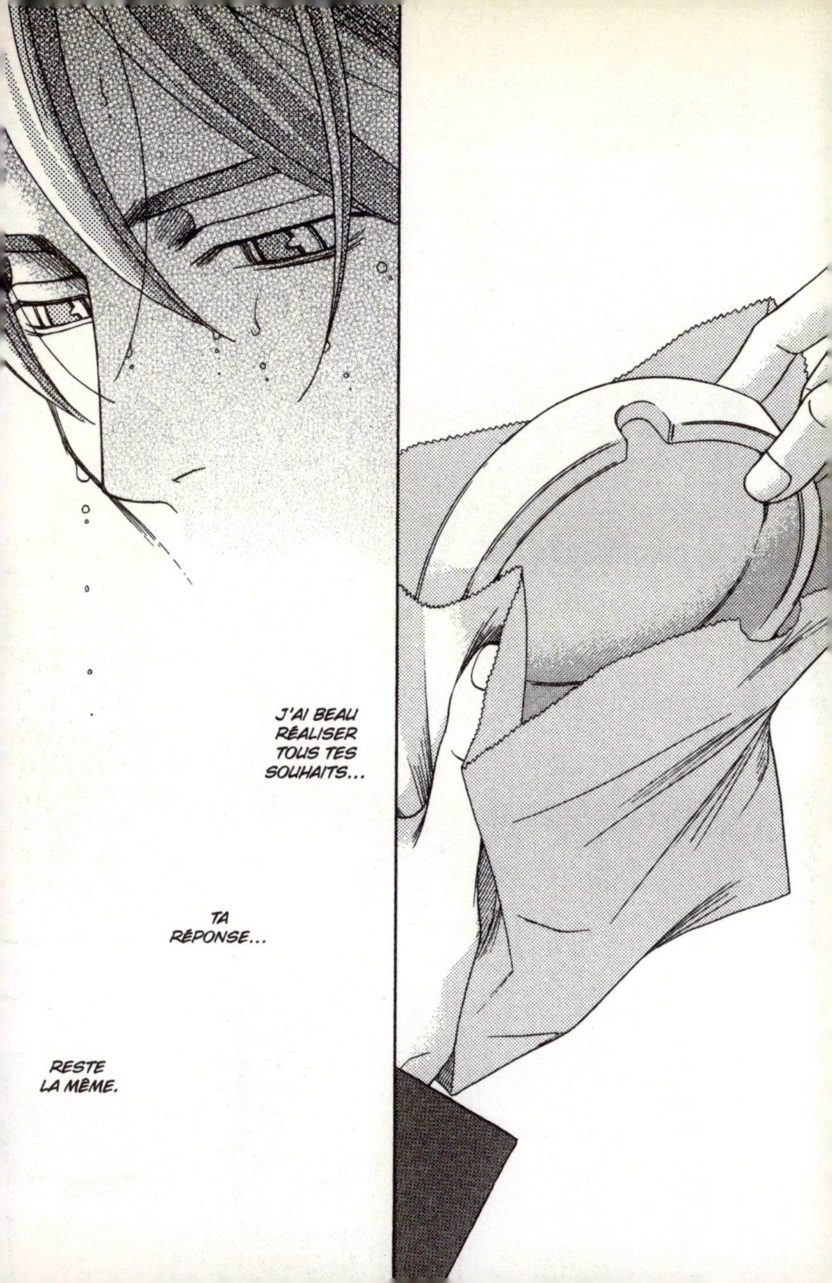
J'AI BEAU RÉALISER TOUS TES SOUHAITS...
TA RÉPONSE...
RESTE LA MÊME.

IMAGASÉ...
C'EST TOI QUI REFUSES DE TE NOYER DANS LES ÉGOUTS.
TU DOIS SAVOIR AUSSI BIEN QUE MOI...
QUE SI TU ARRÊTAIS DE T'AGRIPPER, TU POURRAIS FLOTTER TOUT SEUL.
QUEL EST TON SOUHAIT ?
VEUX-TU QUE JE TE RETIENNE AVEC DES TIRADES À L'EAU DE ROSE ?
ÇA NE SUFFIT PAS À EXPLIQUER MES SENTIMENTS.
ET TU VAS VITE RECOMMENCER À DOUTER DE MOI.
RIEN NE CHANGERA.
J'AI BEAU RAVALER CE SENTIMENT...
ÇA FINIRA UN JOUR DE CETTE FAÇON...
DE CETTE FAÇON...

ブロロ
VROO
ファー
VROUM

SENPAI ?
DÉSOLÉ, EUH... J'AI EU UNE URGENCE, ALORS ...
ALORS TU PARS EN JETANT LE CENDRIER ?
CACHÉ DANS UN SAC EN PLUS ...
PFF
...
DÉSOLÉ !
À CE STADE, TU TE DÉBATS ENCORE.
T'ES UN PEU TROP FRAIS, COMME POISSON.
VLAF
JE SUIS SI PEU FIABLE ?
JE L'AI QUITTÉE, COMME PROMIS.
TU NE POUVAIS PAS M'ATTENDRE DEUX OU TROIS HEURES DE PLUS ?
TU L'AS VRAIMENT QUITTÉE ?

MAIS T'ES DÉBILE OU QUOI ?! RETOURNE LA VOIR ET EXCUSE-TOI AUPRÈS D'ELLE !!
HEIN ?
JE N'EN PEUX PLUS !
JE NE PEUX PAS ÊTRE AVEC TOI.
C'EST IMPOSSIBLE AVEC TOI !!
JE SUIS INCAPABLE DE CONTRÔLER MON INSTABILITÉ ÉMOTIONNELLE.
CE N'EST PAS NORMAL !
JE SUIS TROP AMOUREUX DE TOI !!
EN AIMANT QUELQU'UN À CE POINT, JE RISQUE DE M'AUTODÉTRUIRE !!
JE N'AI RIEN À PART TOI !
QUEL TYPE ININTÉRESSANT !!

JE NE SUIS PAS COMME ÇA, À LA BASE !
SANS TOI, JE NE ME RETROUVE-RAIS JAMAIS DANS CET ÉTAT !!
FAIS-MOI REDEVENIR CELUI QUE J'ÉTAIS !!
JE N'EN PEUX PLUS !! J'ARRÊTE !!!
ARRÊTE ÇA, CRÉTIN !!
TU N'AS PAS UN PEU FINI DE TE PLAINDRE !!

TU NE VEUX PAS CONTINUER AVEC MOI OU QUOI ?!

SI TU ES UN HOMME, IL EST GRAND TEMPS DE TE DÉCIDER.
POUR MOI, C'EST FAIT DEPUIS LONGTEMPS.
COMME TU ES VIRIL.
JE SUIS SOUS LE CHARME.
FREINE-TOI UN PEU.
NE FAIS PAS EMPIRER LA SITUATION.
ÇA VA, LES CHEVILLES ?
TU JOUES AU BEAU GOSSE, MAIS TU AS LES YEUX UN PEU ROUGES, NON ? TU AS PLEURÉ ?

NON, MAIS C'EST QUOI CE TYPE ?!
NE ME DIS PAS QUE VOUS VOUS ÊTES QUITTÉS EN LARMES DANS LES BRAS L'UN DE L'AUTRE.
SANS BLAGUE ?
ÇA NE TE REGARDE PAS !
C'EST À CAUSE DE TOI, SI J'AI DÛ QUITTER UNE FILLE AUSSI GENTILLE.
FRANCHEMENT, DE TOUTES LES FEMMES QUE J'AI CONNUES, C'EST CELLE DONT J'AI EU LE PLUS DE MAL À ME SÉPARER !
NE ME FAIS PLUS JAMAIS VIVRE ÇA !
ET PUIS, TU DÉTRUIS MON BONHEUR ET TU TE CASSES PENDANT CE TEMPS-LÀ ?!
J'EN AI ASSEZ D'AVOIR DES PROBLÈMES AVEC MA VIE PRIVÉE !! JE SUIS DÉBORDÉ, MOI ! NE ME RAJOUTE PAS DES PROBLÈMES LÀ OÙ IL N'Y EN A PAS !
TU SAIS QUE JE SUIS OCCUPÉ AUSSI ?
APRÈS CE QUE TU ME FAIS VIVRE, TU OSES TE PLAINDRE ?
LAISSE-MOI AU MOINS ÇA !
JE N'AI PLUS PERSONNE D'AUTRE AVEC QUI LE FAIRE !!

ET PUIS ÇA FAIT DEUX FOIS QUE TU RÉPÈTES LA PHRASE TABOUE !
JE NE LAISSERAI PAS PASSER LA TROISIÈME FOIS !
QUOI ?
TU AS ENCORE DIT QUE CE N'ÉTAIT PAS POSSIBLE AVEC MOI !!
LA PROCHAINE FOIS, C'EST FINI ! SOUVIENS-T'EN !!
AH, ÇA ?
ET ÇA T'A ENCORE BLESSÉ ? QUELLE PETITE ÂME SENSIBLE…
MAIS PLUS QUE TOI, PLUS QUE N'IMPORTE QUELLE FEMME…
C'EST MOI LE PLUS FRAGILE ET LE PLUS COMPLIQUÉ À GÉRER.
TU RÉALISES VRAIMENT ?
DIS ÇA POUR TOI.
TU VEUX DEVENIR MON AMANT ? TU NE TE CONNAIS PAS ASSEZ.

AVEC TOI COMME AMANT, COMBIEN DE MORTS ON AURAIT SUR LES BRAS ?
HIIII
JE TE TUE ET JE ME TUE !
AH, C'EST VRAI. TU AS TOUT À FAIT RAISON.
ET C'EST ÇA QUI T'A POUSSÉ À TE RÉSIGNER À TON SORT ?
JE TE PLAINS... TE FAIRE HARCELER PAR UN MEC PLUS CORIACE QU'UN SERPENT, ALORS QUE TU N'ES MÊME PAS GAY.
J'AI SEULEMENT DÉCIDÉ DE COMMENCER PAR LE PROBLÈME LE PLUS COMPLEXE.
ET PUIS UN MEC INSTABLE COMME MOI MARCHE PLUS DROIT AVEC UN POIDS SUR LE DOS.
ENFIN, JE CROIS.
SSH

TU ES SÛR DE VOULOIR T'ATTACHER AUTANT À MOI ?
IL EST FORT POSSIBLE QUE JE TROUVE UN MEC BIEN PLUS À MON GOÛT ET QUE JE T'ABANDONNE LA SEMAINE PROCHAINE.
JE ME DÉSINTÉRESSE VITE.
JE SAIS, TU ME QUITTERAS EN MOINS DE CINQ MINUTES.
SI TU ME QUITTES LA SEMAINE PROCHAINE, ÇA IRA ! ON SERA PAS ENCORE TROP LIÉS L'UN À L'AUTRE.
ET SI C'ÉTAIT DANS 20 ANS ?
TU VIS EN TE REPOSANT COMPLÈTEMENT SUR MOI, ET UN JOUR, JE TE QUITTE POUR UN PETIT JEUNE.
AH, ÇA, C'EST ULTRA-PROBABLE.
BON, DANS 20 ANS, ÇA PASSE. J'AURAI DES ÉCONOMIES ET J'AURAI EU LE TEMPS DE DEVENIR UN MEC RESPECTABLE.
UN BEAU QUINQUA AVEC UN PORTEFEUILLE ET UNE TÊTE BIEN REMPLIS… ÇA PLAÎT BIEN AUX JEUNES FILLES.
AAH, J'AI HÂTE D'Y ÊTRE ! ♪
NON, TU PENSES VRAIMENT COMME ÇA ?
QUAND TU T'Y METS, TU PEUX ÊTRE ASSEZ HORRIBLE, TU SAIS ?
TU VOIS …

JE TROUVERAI BIEN UN MOYEN DE GÉRER MA VIE.
TU N'AS PAS BESOIN ...
DE T'EN INQUIÉTER.
SSH
JE N'AI PAS CHANGÉ ET JE NE CHANGERAI PAS.
AU FINAL, JE ME CONTENTE TOUJOURS DE ME LAISSER ENTRAÎNER PAR LE COURANT LE PLUS FORT ET D'ESSAYER DE TROUVER DES SOLUTIONS À COURT TERME.
PASSÉ 30 ANS, JE NE PEUX PLUS ME TRANSFORMER DE FAÇON FULGURANTE.
TU AURAS BEAU ATTENDRE DE MOI QUE JE RÉALISE TES RÊVES, IL Y A CERTAINES CHOSES QUE JE NE POURRAI JAMAIS FAIRE.

ALORS ...
IL N'Y AURA PAS DE TROISIÈME FOIS.
...
TU TE DONNES BIEN DE L'IMPORTANCE POUR QUELQU'UN QUI EST JUSTE VENU ME CHERCHER JUSQU'À L'ARRÊT DE BUS DU COIN.
TU AURAIS AU MOINS PU PENSER AU PARA-PLUIE ...
JE SUIS SÉRIEUX.
LA PROCHAINE FOIS QUE TU ME DIRAS QUE CE NE SERA PLUS POSSIBLE ENTRE NOUS, QU'IL PLEUVE OU QU'IL VENTE, JE NE TE RATTRAPERAI PAS.
CE SERA VRAIMENT FINI ENTRE NOUS.
ÇA VAUT MIEUX ...
POUR TOI COMME POUR MOI.

DANS LA VIE, IL Y A DES CHOSES BEAUCOUP PLUS IMPORTANTES ...
QUE DE SE METTRE DANS TOUS SES ÉTATS À CAUSE DE L'AMOUR.
TOI, COMME MOI ...
ON A ATTEINT UN ÂGE OÙ IL FAUDRAIT SÉRIEUSEMENT Y RÉFLÉCHIR.

OUI.
C'EST VRAI.
JE TROUVE MOI-MÊME QUE MON DISCOURS EST BIEN SÉVÈRE.
IL EST SI DIFFICILE DE TROUVER DES MOTS D'AMOUR.
JE N'ARRIVERAI SANS DOUTE JAMAIS À TE FAIRE PART DE MES SENTIMENTS.

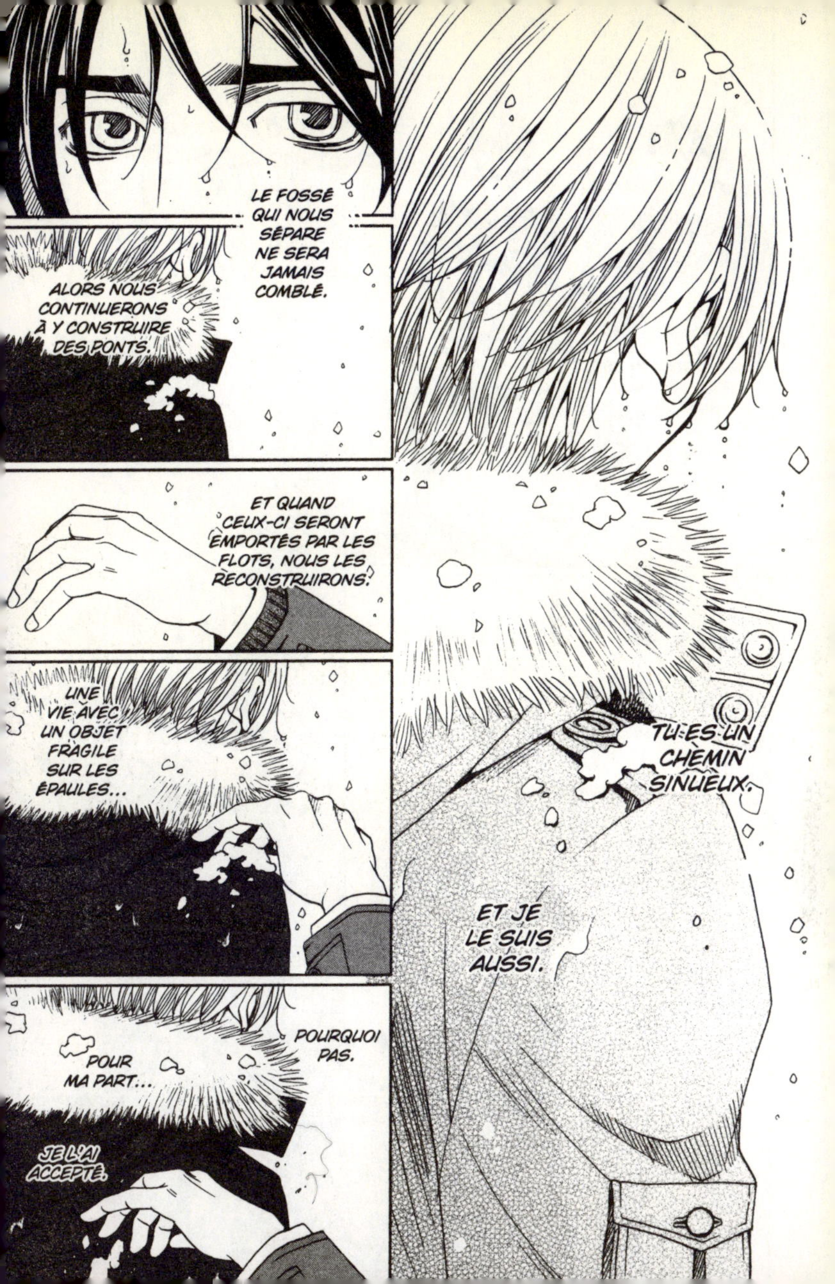
LE FOSSÉ QUI NOUS SÉPARE NE SERA JAMAIS COMBLÉ.
ALORS NOUS CONTINUERONS À Y CONSTRUIRE DES PONTS.
ET QUAND CEUX-CI SERONT EMPORTÉS PAR LES FLOTS, NOUS LES RECONSTRUIRONS.
TU ES UN CHEMIN SINUEUX.
UNE VIE AVEC UN OBJET FRAGILE SUR LES ÉPAULES...
ET JE LE SUIS AUSSI.
POURQUOI PAS.
POUR MA PART...
JE L'AI ACCEPTÉ.

LE JOUR ARRIVERA...
OÙ EXTÉNUÉ, TU ME QUITTERAS POUR DE BON.
TOI, TU ABANDONNERAS SANS DOUTE UN JOUR.
LE SEMAINE PROCHAINE...
TÔT OU TARD.
OU DANS 20 ANS.
IL EST POSSIBLE QU'ALORS, JE ME RETROUVE À CONTEMPLER UNE VIE OÙ IL NE ME RESTERA PLUS RIEN.

MAIS ÇA ME VA.
J'AI DÉCIDÉ DE RESTER DERRIÈRE TOI JUSQU'À NOS ADIEUX.
JE SUIVRAI CET AMOUR JUSQU'À SA MORT.
ET JE DÉPOSERAI LE PLUS DE FLEURS POSSIBLE POUR DÉCORER CE CHEMIN FUNÈBRE.
C'EST BIEN LA SEULE CHOSE...
DONT JE SOIS CAPABLE.

ALORS ?
QU'EST-CE QU'ON FAIT, MAINTENANT ?

POUR LES APPARTS, ON PEUT RESTER COMME ÇA.
JE POURRAI UTILISER LE MIEN POUR ENTREPOSER MES AFFAIRES ET ME REMETTRE LES IDÉES EN PLACE.
MAIS J'AIMERAIS CHANGER DE LIT.
J'EN VEUX UN QUI N'AIT JAMAIS ÉTÉ UTILISÉ QUE PAR NOUS DEUX.
JE SUIS PRÊT À LE PAYER DE MA POCHE.
ET PUIS JE VOUDRAIS PARTIR EN VOYAGE.
PAS LOIN ...
JUSTE POUR ÊTRE SEULS, TOUS LES DEUX ...
ET TOUT RECOMMENCER À ZÉRO.
ET PUIS ...
VOYONS ...

JE T'ACHÈTERAI UNE BAGUE.
DÉSOLÉ D'ÊTRE SI BANAL.
CE N'EST PAS ÇA QUI VA CHANGER QUELQUE CHOSE ...
MAIS TU POURRAS AU MOINS LA CONSIDÉRER COMME UN SYMBOLE.

JE SUIS COMBLÉ.
SI TU ME GÂTES AUTANT, JE RISQUE D'ÊTRE TELLEMENT HEUREUX QUE J'IRAI TRAVAILLER AVEC.
OUI, POURQUOI PAS.
ALORS, LAISSE-MOI T'OFFRIR UNE BAGUE AUSSI.
SI TU VEUX.
MAIS MOI, JE NE POURRAI PAS LA PORTER AU BOULOT.
CE N'EST PAS GRAVE.
TANT QUE TU L'AURAS AVEC TOI.

CE N'EST PAS ÇA QUI VA CHANGER QUELQUE CHOSE ...
MAIS TU POURRAS AU MOINS LA CONSIDÉRER COMME UN TALISMAN PROTECTEUR.
LE JEU DU CHAT ET LA SOURIS TOME 2 FIN

PREMIÈRES PARUTIONS :

MELANCHOLIC BUTTERFLY
JUDY OCTOBRE 2006
SUPPLÉMENT AU NUMÉRO SPÉCIAL

LE CHAT NOIR BAILLE
NOUVELLE INÉDITE

LA CHOUETTE
MOBILE FLOWER 5/12/2007 À 5/2/2008

COMME UN POISSON HORS DE L'EAU
MOBILE FLOWER 20/12//2008 À 20/4/2009

CETTE SÉRIE A COMMENCÉ SUR UN SUPPLÉMENT DE JUDY, UN MAGAZINE POUR FEMMES ADULTES. C'ÉTAIT LA PREMIÈRE FOIS QUE JE TRAVAILLAIS POUR CE TYPE DE MAGAZINE ET J'AI DONC DÛ OPTER POUR UNE APPROCHE DIFFÉRENTE. LE LECTORAT PRINCIPAL ÉTAIT COMPOSÉ DE FEMMES AU FOYER D'UNE TRENTAINE D'ANNÉES. QUEL MANGA DEVAIS-JE DESSINER POUR PLAIRE À CES PERSONNES (SURTOUT AVEC LES THÈMES QU'ON M'AVAIT DONNÉS : GAY ET SM !) ?

J'AI ALORS SONGÉ À MES AMIES QUI, APRÈS DIVERSES EXPÉRIENCES, S'ÉTAIENT DÉCIDÉES À RESTER AU FOYER. EN ME DEMANDANT QUEL GENRE DE MANGA J'AIMERAIS LEUR OFFRIR, JE ME SUIS RAPPELÉ MA PROPRE EXPÉRIENCE ET J'AI COMMENCÉ PEU À PEU À MODELER MES PERSONNAGES.

JE SUIS UNE FEMME QUI AIME LES HOMMES, MAIS IL M'ARRIVE SOUVENT DE ME DIRE QU'IL EST TRÈS DIFFICILE DE RESTER LONGTEMPS AVEC EUX. ET JE NE DOIS PAS ÊTRE LA SEULE DANS CE CAS. ALORS SI UNE FEMME, BIEN PLUS VIRILE ET CHARMANTE QU'UN HOMME NOUS SÉDUISAIT ? IL M'ARRIVE PARFOIS D'ADMIRER UN BEL ANDROGYNE, MÊME EN SACHANT QUE C'EST UNE FEMME, MAIS CE N'EST PAS POUR CELA QUE JE POURRAIS AVOIR LES MÊMES SENTIMENTS QU'UNE VÉRITABLE LESBIENNE ! ET MÊME SI ÇA L'ÉTAIT, N'AYANT AUCUN MOYEN DE LE SAVOIR, JE RISQUERAIS DE PENSER QUE JE ME SUIS JUSTE HABITUÉE À SUIVRE L'AUTRE PERSONNE. VOICI CE QUE JE ME DISAIS À MON SUJET.

KYOÏCHI ME RESSEMBLE BEAUCOUP. S'IL Y A QUELQU'UN QUI NOUS AIME MALGRÉ TOUS NOS DÉFAUTS, ON L'AIMERA AUSSI, ET SI UNE AUTRE PERSONNE, PLUS INTÉRESSANTE QUE LA PREMIÈRE ET QUI NOUS AIME ENCORE PLUS, APPARAÎT, NOS SENTIMENTS VONT SE TOURNER VERS ELLE. (ET C'EST GÉNÉRALEMENT CE QUE NOTRE ENTOURAGE NOUS CONSEILLE AUSSI.) ET LORSQU'UN PROBLÈME SURVIENT ET QU'ON SE RETROUVE SEUL, ON SE DIT QU'ON EST PLUS TRANQUILLE ET QU'ON SE SENT MIEUX AINSI ! SI L'ON EST SATISFAIT, ON N'ESSAIERA PAS DE CHANGER NOTRE FAÇON D'ÊTRE. IL EST FACILE D'ACCEPTER QUELQU'UN, MAIS IL EST DIFFICILE DE L'AIMER.

D'UN AUTRE CÔTÉ, IL EXISTE AUSSI DES PERSONNES AUXQUELLES ON S'ATTACHE ALORS QU'ON SAIT TRÈS BIEN QU'ELLE NE FERA QUE NOUS CAUSER DES ENNUIS ET QU'ELLE NE NOUS APPORTERA RIEN DE BON. ET C'EST JUSTEMENT LE GENRE DE SENTIMENTS DONT ON SE DÉBARRASSE AVEC LE PLUS DE DIFFICULTÉ. ET DE CE POINT DE VUE-LÀ, JE COMPRENDS BIEN IMAGASÉ. DANS CETTE SITUATION, L'AMOUR DEVIENT UNE VRAIE MALADIE.

TOUS DEUX SONT TRÈS PROCHES DE MOI ET EN VOYANT LES RÉACTIONS DES LECTEURS (AUSSI BIEN DES HOMMES QUE DES FEMMES), J'AI RÉALISÉ QU'ILS ÉTAIENT AUSSI TRÈS PROCHES DE VOUS. QUAND JE LISAIS VOS COURRIERS OÙ VOUS ME RACONTIEZ QUE VOUS COMPRENIEZ OU QUE VOUS AVIEZ RESSENTI LES MÊMES ÉMOTIONS QUE KYOÏCHI ET IMAGASÉ, J'AI PLEINEMENT PRIS CONSCIENCE QUE L'AMOUR, TOUT EN RESTANT QUELQUE CHOSE DE TRÈS PERSONNEL, POUVAIT FÉDÉRER UN GRAND NOMBRE DE GENS.

BIEN QUE L'AMOUR SOIT UN ÉLÉMENT PRÉSENT DANS LA PLUPART DE MES ŒUVRES, C'EST LA PREMIÈRE FOIS QUE J'EN FAIS LE THÈME PRINCIPAL D'UNE SÉRIE. J'AI TROUVÉ CELA PLUTÔT AMUSANT. JE SOUTIENS LA THÉORIE SELON LAQUELLE LE MICROCOSME ET LE MACROCOSME SE REJOIGNENT, ET JE ME DIS QU'IL SERAIT SANS DOUTE INTÉRESSANT DE RÉALISER QUELQUES MANGAS CENTRÉS SUR LE PETIT UNIVERS DE L'AMOUR ET DE SES DÉMÊLÉS.
J'AI CONTINUÉ CE MANGA DANS LE SEUL BUT DE RENDRE CE KYOÏCHI QUI DOUTE ET SE MORTIFIE POUR UN RIEN, AUSSI VIRIL QU'IL POUVAIT LE DEVENIR. JE PENSE L'AVOIR EMMENÉ ASSEZ PRÈS DE LA VÉRITÉ.
CETTE HISTOIRE SE TERMINE ICI, MAIS QUE FERONT ENSUITE IMAGASÉ ET KYOÏCHI ? J'ADORE CES PERSONNAGES ET J'ESPÈRE QUE VOUS LES GARDEREZ ET LE CHÉRIREZ DANS VOTRE CŒUR.

MERCI D'AVOIR LU CETTE HISTOIRE JUSQU'À LA FIN.
JE TIENS À REMERCIER DU FOND DU CŒUR LES RESPONSABLES ÉDITORIAUX ET LES LECTEURS QUI ONT PATIEMMENT SUIVI CETTE SÉRIE PUBLIÉE SPORADIQUEMENT DEPUIS TOUTES CES ANNÉES.

SETONA MIZUSHIRO, PRINTEMPS 2009

FÉLICITATION POUR TON MARIAGE. ♥
JE SAVAIS QUE TU SERAIS MIEUX AVEC UN MEC PLUS JEUNE QUE TOI, NATSUKI SENPAI ! ♥
MOUAIS ...
C'EST UNE IMPRESSION OU TU ATTENDS QUE JE FASSE UN COMMENTAIRE SUR TA BAGUE ?
HEIN ? OH, TU L'AS REMARQUÉE ?
KAYAH, NOOON !!
CLING CLING
HI HI!
C'ÉTAIT MON ANNIVERSAIRE, L'AUTRE JOUR ...
J'AI UN UNE BOUTEILLE DE VIN DE MON ANNÉE DE NAISSANCE ET UN SAC BOTTEGA ! ♥
QUOI ? COMMENT T'AS TROP DE CHANCE !
HEIN ?
OH, NE TE PLAINS PAS, TU AS UN GENTIL PETIT MARI, TOI !
CINQ ANS DE MOINS, C'EST GÉNIAL. MOI AUSSI JE VEUX UN HOMME JEUNE !!
C'EST UN VIEUX MAINTENANT, LE MIEN !
NON, C'EST LE SAC QUE JE T'ENVIE.
J'EN VEUX SURTOUT PAS DE TON MEC !
ET PUIS, JE POURRAIS ME LE PAYER MOI-MÊME.
TU SAIS QUE T'ES JUSTE DANS UNE PÉRIODE D'AMOUR PASSIONNÉ ET QUE ÇA NE DURERA PAS ?!
AAH...
IMAGASÉ... DIRE TU ÉTAIS UN MEC BIEN.
TU ES DEVENU UNE FEMME SANS AUCUN INTÉRÊT...
TOUT ÇA PARCE QU'IL S'ACCROCHE À UN MEC SANS INTÉRÊT...
VOTRE COMMANDE ?
UN BOMBAY SAPPHIRE ON THE ROCK.
UN CASSIS ORANGE. ♥

Collection Shôjo

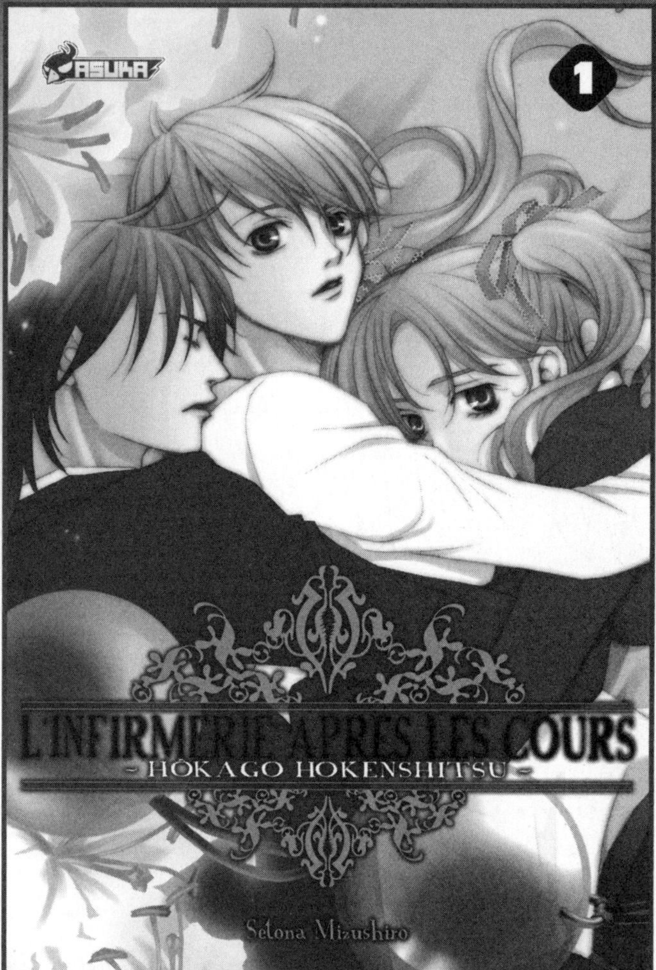

L'infirmerie après les cours
de Setona MIZUSHIRO

Collection Shôjo

Black Rose Alice
de Setona MIZUSHIRO

Collection Shôjo

Diamond Head
de Setona MIZUSHIRO

Collection Boy's Love

Yellow
de Makoto TATENO

Collection Boy's Love

Pure Love
de Row TAKAKURA

Collection Boy's Love

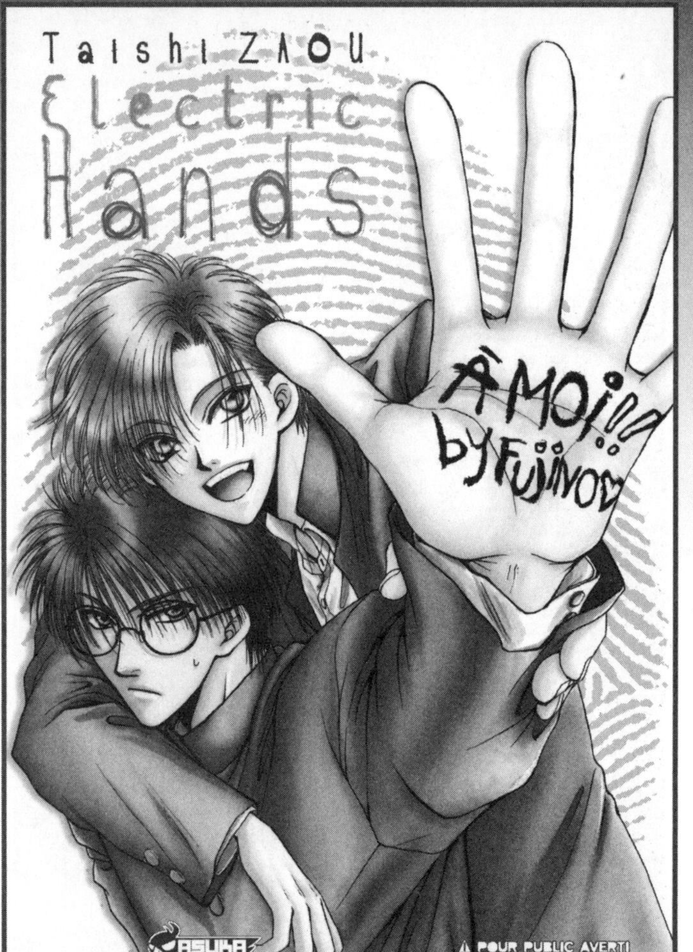

Electric Hands
de Taishi ZAOU

Collection Boy's Love

Dear Myself
de EIKI EIKI

Collection Boy's Love

World's end
de EIKI EIKI

Collection Boy's Love

Student affair
de Row TAKAKURA

Collection Boy's Love

Révélations
de Tamaki FUJI

Au temps de l'amour
de Ebine YAMAJI

Collection Ladies

Walkin' Butterfly
de Tamaki CHIHIRO

SOJO NO KOI WA
NIDO HANERU
by Setona Mizushiro

Original Japanese edition published in 2009
by Shogakukan Inc., Tokyo
French translation rights arranged
with Shogakukan Inc.
through The Kashima Agency.

French edition in 2010
by Asuka Éditions

TRADUCTION :
Satoko Inaba

ADAPTATION :
Adeline Fontaine

LETTRAGE & MAQUETTE :
Hinoko

SUPERVISION GRAPHIQUE :
Saloua Okbani & Raphaël Pennes

COUVERTURE :
din

ADRESSE : 18-20, rue Ramus 75020 Paris
SITE INTERNET : www.asuka.fr
EMAIL : info@asuka.fr

Achevé d'imprimer en CE
en juin 2010.

DÉPÔT LÉGAL : juillet 2010

Les ouvrages Asuka Éditions sont diffusés
et distribués par Interforum Editis.